我为活着感到狂喜，
活着其乐无穷。
——《活着其乐无穷》

我身体健康，状态绝佳，胜于以往任何时候。
——《我的抱负很大》

夜晚越过沙丘，灯芯草摩挲着我的鞋子，
比做梦更让我开心。
——《我走了很多的路》

我从来没有漂亮过，
可我曾经年轻过。
——《我曾经年轻过》

The Spring
Is Already
On My Mind

我已经在想春天了

[德] 黑塞 等 著

刘彦妤 等 译

天地出版社 | TIANDI PRESS

图书在版编目（CIP）数据

我已经在想春天了 / （德）黑塞等著；刘彦妤等译. 成都：天地出版社，2025.1. —ISBN 978-7-5455-8543-8

Ⅰ.I16

中国国家版本馆CIP数据核字第2024L3A140号

WO YIJING ZAI XIANG CHUNTIAN LE

我已经在想春天了

出 品 人	杨　政
作　　者	［德］黑　塞 等
译　　者	刘彦妤 等
责任编辑	孟令爽
责任校对	马志侠
封面设计	尚燕平
内文排版	麦莫瑞文化
责任印制	王学锋

出版发行	天地出版社
	（成都市锦江区三色路238号　邮政编码：610023）
	（北京市方庄芳群园3区3号　邮政编码：100078）
网　　址	http://www.tiandiph.com
电子邮箱	tianditg@163.com
经　　销	新华文轩出版传媒股份有限公司

印　　刷	河北鑫玉鸿程印刷有限公司
版　　次	2025年1月第1版
印　　次	2025年1月第1次印刷
开　　本	787mm×1092mm　1/32
印　　张	7
字　　数	140千字
定　　价	52.00元
书　　号	ISBN 978-7-5455-8543-8

版权所有◆违者必究
咨询电话：（028）86361282（总编室）
购书热线：（010）67693207（营销中心）

如有印装错误，请与本社联系调换

编者的话

在信息不发达的时代,书信是人们建立联系的重要载体。法国思想家伏尔泰曾说:"书信是人生的安慰。"的确,一封家书慰藉了游子的思乡之情,一封情书缓解了恋人的相思之苦,一封致友人书拉近了朋友间的距离……在书信中,绝大部分人都会卸下心防,把自己的情感、思想乃至偏见和盘托出。

本套书选取了54位世界知名文学家的信件,内容涉及爱、友谊、勇气、文学与艺术鉴赏等方面。我们之所以选择文学家的信件,有以下四点原因:

第一,文学家笔触或凝练,或优美,或诙谐,或充满哲思,读起来赏心悦目,让人受益匪浅。比如,聂鲁达说他要给爱人写木质的十四行诗,让爱人的双眸在里面安家,何其浪漫;在写给侄女的信中,泰戈尔详细、精准地描写了故乡孟加拉地区的风光,仿佛一幅水乡风景画徐徐展开;乔治·奥威尔把房子托付给朋友照管时,前一句话在说时局动荡,后一句话就写上厕所不要用厚厕纸,让人猝不及防,啼笑皆非。

第二,在文学作品中,文学家的言辞或许有所收敛,但在书信中,文学家能更自由地表达自己,让读者得以窥见文学家部分真实的样貌。比如,一向给人以硬汉印象的海明威,其实也有温情脉脉的一面;毕业于牛津大学的学霸王尔德,我们原以为考试对他而言是小菜一碟,没想到他也会因考试而焦虑,甚至也会考试不及格;风流倜傥、挥金如土的菲茨杰拉德在面对青春叛逆的女儿时,如同每个有孩子的家长一样,也恨铁不成钢,却又无可奈何。

第三,阅读文学家的信件,能够启迪我们更加艺术地、圆融地、自洽地生活。比如,在写给儿子的信中,高尔基告诫儿子"'给'永远比'拿'快乐";司汤达指导妹妹,女性要塑造自己的性格,要以杰出人物为榜样;诗人狄金森干脆说"活着就是其乐无穷",她为活着感到狂喜。

第四，在一定程度上，文学家是一个时代的缩影，我们可从这些文学家的信件中管窥时代发展的脉搏，尤其是价值观的变迁。编者选取的文学家都出生在18世纪到20世纪，阅读这些书信时，犹如穿越到他们的时代，在字里行间感受着那个时代的气息。

这些文学家之所以备受后世推崇，原因不仅仅在于他们精心创作公开发表的作品上的伟大，更在于他们本身知识的渊博、思想的深厚，乃至于在随手写就的信件中都闪着智慧的光芒。

在目录编排上，编者并没有把同一个文学家的书信放到一起，而是从书信内容的主题上予以划分。当然，需要指出的是，书信原是一种非公开的表达，文学家在写信时不会像写文章那样一定有明确的主题。书信的一大特点就是没有主题限制，文学家们往往信手拈来，非常随性，很多时候上段在写自己的衣食住行，下段就写自己的文学见解。编者在根据书信内容进行主题划分的时候，基本按照信中内容关于主题的占比多少进行大致划分。当有的书信内容涉及多个主题且关于各主题的占比差不多时，编者会根据每章的信件数量酌情归类。在每章中，同一个国家地区的，则以写信时的落款时间先后为序。

本册《我已经在想春天了》共六章，"猫是真的在笑哩"主题为如何写作，"我已经在想春天了"主题为文学家的作品探讨，"每个人都是艺术家"主题为艺术思想探讨，"请您热爱此刻的孤独"主题为价值观念，"一件艺术品就像花一样无用"主题为哲学美文，"每个人都是自己的天使"主题为温暖和爱。

为了方便读者理解和把握书信的内涵，编者在每封书信的开头做了简短的背景介绍。关于书信的标题，编者没有采用写信时的时间或收件人作为标题，而是从信中摘取精彩的原话。这句原话或是彰显作者意志，或是体现全文主旨，或是迎合主题归类。有一两个不容易找出精彩原话的标题为编者所概括。读者不难发现，参照这个标准，三册书的书名也是源于此。

在书信内容的分段上，编者基本遵从书信原有段落的安排，但有的作家出于个人习惯，信写得很长且未分段，编者酌情进行了分段，以便于读者阅读。

所有书信中提及的人名，译者均根据《世界人名翻译大辞典》《俄语姓名译名手册》进行翻译。

　　脚注部分，编者根据《辞海》及作家的生平资料进行编写。

　　对于信件内容的翻译，译者在忠于原文的基础上，力求传达出作者的心绪、风格及精神。但由于部分信件距今十分久远，可供查询的资料甚少，因此背景介绍和脚注或有不足，这点还望读者谅解。

　　编者希望通过书信这一种特殊的文体形式，能让读者更了解耳熟能详的文学大家，领略到他们在作品之外的风采。

目录
Contents

猫是真的在笑哩

略有心得/ 萧伯纳	003
忘掉你个人的悲剧/ 海明威	009
屡败屡战/ 福楼拜	015
有一颗星星为我而闪/ 卡夫卡	020
猫是真的在笑哩/ 夏目漱石	027

我已经在想春天了

我已经在想春天了/契诃夫	033
我的抱负很大/爱伦·坡	040
我走了很多的路/福楼拜	047
我买了一个住宅/左拉	053
从辛克莱蜕变成德米安/黑塞	057
我建议您这样看待它/黑塞	061

每个人都是艺术家

我将开垦我青春的矿山/ 拜伦	065
每个人都是艺术家/ 托马斯·哈代	069
并非阳光不值得/ 罗曼·罗兰	071
还有书！/ 纪德	077
劈开我们心中的冰封大海/ 卡夫卡	083
不能逃避/ 夏目漱石	087

请您热爱此刻的孤独

我曾经年轻过/ 普希金	093
最为神圣的东西/ 契诃夫	096
内心充满了感激/ 海伦·凯勒	099
我爱你们每一个人/ 海明威	102
我控诉/ 左拉	106
在灵魂深处并不孤独/ 罗曼·罗兰	127
请您热爱此刻的孤独/ 里尔克	131

一件艺术品就像花一样无用

活着其乐无穷/ 狄金森	147
我没有理由自寻烦恼/ 济慈	149
一件艺术品就像花一样无用/ 王尔德	155
找个人反复念给你听/ 萧伯纳	157
让我将彩虹一饮而尽/ 纪伯伦	166
我是一团雾/ 纪伯伦	168

每个人都是自己的天使

爱为何物？/ 雪莱	181
每个人都是自己的天使/ D.H.劳伦斯	184
我疾呼/ 乔伊斯	191
此中自有乐趣/ 叶芝	195
天地在我们心中/ 罗曼·罗兰	197

猫是真的在笑哩

略有心得

/ 萧伯纳

1925年,萧伯纳获得诺贝尔文学奖,获奖理由是:"由于他那些充满理想主义及人情味的作品——它们那种激动型讽刺蕴含着一种高度的诗意美"。或许谁都要向这样的大文豪请教如何写作的问题,这封信的主题便是萧伯纳帮一位女士判断是否具备文学创作的能力。

亲爱的肖女士:

你的一位友人向我展示了几封你的书信,我读得津津有味,于是友人请我帮你判断你能否将文学作为自己的职业。

仅就文学功底而言,我的答案一定是"能"。显然,无论是表达思想,还是描述事物,你都驾轻就熟。

这样的造诣，必能引人入胜，勾起读者兴趣。顶级作家的门槛亦不过如此。

但文学作品的成功，既在于作者要表达的内容，也在于作者表达内容的方式。以班扬①的两部传奇作品为例，《天路历程》与《圣战》，若要说差别，后者比前者的写法更老练，表达更巧妙。但前者通俗易懂，但凡能读懂晚报上足球版面的人就能读懂这部作品；而后者最终使宗教成为谬论，连追捧班扬的专家也觉得晦涩难懂。

你能否超脱自己的信仰，思想是否足够开放，进而在文学领域有所建树，我无法下定论。我们每个人的思想都并非绝对的自由，尤其是那些自诩思想自由的人。每个人都有盲目的信仰和难解的心结，疯狂如圣保罗，理智如伏尔泰，两位作家的差别仅在于盲目和难解程度上的不同。有人说，如果圣保罗从未降生，那么世间会更美好；但如果失去了伏尔泰，那可谓世间巨大

---

① 英国散文作家，对英国散文的发展有一定影响。——译者注（如无特别说明，本书注释均为译者所注）

的灾难、宗教的不幸——因为最起码，他爱公正，行善举，以谦卑之姿与心中的上帝同行，他相信自己无须进一步探索神学了。他爱慈悲，在本性能容忍的范围内，力求处事公正。正因如此，他的作品流传至今。再者，他披露邪恶行径，呼吁世间良知与邪恶决裂，令人闻风丧胆。他用一己之幽默惹得世人调侃，他明白，唯有如此，才能让人们祈祷不断。

从信中可知，你立场清晰——你将和班扬、伏尔泰一样，加入济世救人的队伍。因与上帝同在，你感到幸福（姑妄言之），便想带领其他人至上帝身旁。借那则稗子与小麦的警示可知，耶稣本尊强烈反对劝人信教，或许他会告诫你：管好自己的事，哪怕希望渺茫，也该让人们自己摸索寻求上帝的道路。但他绝不反对你叙述自身的历程，自证你已走上光明大道。应该说，前提是他看穿了你却还能容得下你，当你把象征着罗马的残酷与暴政的标志立于原始森林中，却视其为基督教的标志时。何况罗马还私自塑造圣母子像[①]。

[①] 基督教主张雕塑像不可是偶数的。

那么，问题来了：你自叙寻得上帝的故事，能否激起众多读者的购买欲，为出版社和书店谋利，并养活你自己？依我看，十有八九可以。你的只言片语便让我饶有兴致，这绝不是因为我对你心生怜悯。

我不是当代心理学家口中的受虐狂，这种人对痛苦的欲望不似寻常，脱离了父母的管束后，反倒自己折磨自己。你遇见一位年轻小伙，与之共坠爱河，没有什么能够阻挡你与他追求幸福，你们情之所至，喜结连理，子女承欢膝下，一切顺理成章。但事实并非如此，这些对你而言了无生趣，你以"黑人小朋友需要你"这种荒诞的借口为由，罔顾故国之内未入教的白人小朋友比比皆是，他们迫切需要你，犹如需要德特福德的玛格丽特·麦克米伦[①]。你这样既伤了他的心，也伤了自己的心（假设你有这份心）。

再谈一谈你的创作冲动。你一定要化冲动为作品，夸大感官上的痛苦。对，很多人会在文字中寻求痛苦，

---
① 英国早期幼儿教育的先驱者，关注贫困儿童福利问题，活动于伦敦贫困地区，尤其是德特福德地区与布拉德福德地区。

这些人有助于提高你作品的知名度。只是，我不喜欢折磨人，也丝毫不愿受人折磨。我的七情六欲再正常不过了，只要力所能及，我必带你脱离苦海，倘若你不堪其痛，必心甘情愿脱离。

随着你的成熟，这种精神问题（恕我此言冒昧）将成为过去。这场非洲事业的背后，是一位心志坚定的年轻女士，旅居他乡，逐新趋异，以身涉险，迎难而上，自我成全。那位与你擦肩而过的年轻牧师，或许并非你的心之所属。说到底，你有一位惯会哄人开心的祖母，还有一对（据我推测）惹人厌恶的父母。我称令祖母会哄人是褒义，她赞美上帝，谎称他的职责并不沉重，让一个孩子心生幸福。她溺爱你，却也拯救了你的灵魂，使你强大到足以直面成年人的生活，褪去稚嫩，与孩童嬉戏，与灵魂相伴，恰如你有人为伴的童年。

我对你知之甚少，以上皆是我一隅之见。你或认为我多嘴多舌，但我可确切地告诉你：能否成为职业作家这个问题相当复杂，其背后涵义可延伸至成为先知的问题。我本人也在这条路上，故略有心得。

无论如何,这个问题都因你而起。不知你期待我作何回复?

诚挚的乔治·萧伯纳

1928年1月30日

(杜星苹 译)

忘掉你个人的悲剧

/ 海明威

　　海明威的作品《太阳照常升起》是经菲茨杰拉德引荐给他的编辑才得以出版,自此海明威被美国人熟知。出乎意料的是,随着海明威文学名气越来越大,菲茨杰拉德的创作反而陷入瓶颈期。甚至在信中,后来居上的海明威在指点菲茨杰拉德写作,他是在为好友着急,且他一度认为是菲茨杰拉德的妻子泽尔达拖累了菲茨杰拉德,故而在信中也有指摘泽尔达之意。

亲爱的斯科特:

　　我对《夜色温柔》又爱又恨。开篇对萨拉和杰拉德的描写很精彩(多斯真该死,他捎走了这本书,我现在无可依据。所以,可能我所说有误——),之后你开始玩弄他们的命运,给他们安排不属于他们的出身,两个人完全变了味儿。写书不可如此,斯科特。如果要让笔下的人物真实,你不可移花接木,给人物嫁接别人的父母(只有亲生父母、亲身经历,方可造就人物),你不可强迫他们做不合身份的事。你可以写你或我、写泽尔达或哈德利,或写萨拉、杰拉德,但务必让人物前后一致,让人物做该做的事。你不能把一个人写成另一个人。编故事是绝妙之事,但你编的故事不能脱离真实。

编出完整的故事——编得真实,与事情发展的走向相符——这才是我们作家在鼎盛时期应当做的事。

我的老天,你肆意篡改人物的过去和未来,如此创造出的不叫"人物",而是卑劣、玄幻、不入流的假历史。你,写作的本事无人能及,却滥用才华,实在是——罪大恶极。斯科特,看在上帝的分上,好好写、写事实,无论何人受到伤害,何事让人难堪,都无关紧要,千万别做出愚蠢的让步。举个例子,如果你足够了解杰拉德和萨拉,你就可以为他们写一本好书,只要是写真事,他们便丝毫不会介怀,权当这是昔日旧事。

你的书妙趣横生、引人入胜,没人能写出你这种好故事,那些初出茅庐的小子写得连你的一半都不及,但这本书确实写得如空中楼阁,你大可不必如此。

首先,我一直以为你找不到思路。事实上,你现在思路清晰,这一点你我都承认。但假设你没有思路,那么你的写作、创作应该基于认知,符合人类已有的先例。其次,长久以来,你罔顾其他声音,一心为自己的问题找答案。你写的书中也有好的部分,但并非故事所需。闭目塞听是作家灵感枯竭的根源(你我皆有江郎才尽时,绝非针对你个人)。所有灵感皆来自感官:去听、去看。你已看尽世间百态,却对万千声音充耳不闻。

这本书远比我所说的要出色,但你没发挥出最高的水平。

你可以研究克劳塞维茨[①]的军事,可以研究经济学、心理学,但当你写作时,这些杂七杂八的东西一概没用处。你我就像拙劣的杂技演员,尚且还有力气翻几

---

① 普鲁士军队少将,军事理论家、军事历史学家,著有《战争论》一书。

个像样的跟头，伙计，杂技团里有的是连跟头都不会翻的演员。

看在上帝的分上，去写吧，别在乎那些毛头小子说什么，也别管它能不能成为杰作，什么都别管。我每写一页好文，就伴随九十页次品。我尽量把次品扔进废纸篓。如果你觉得，不发表粗制滥造的作品就不能生存，就悉听尊便。无论大量写作，还是精雕细琢，好的作品就那么几个（正如我们在耶鲁时讨论的一样）。摆脱塞尔迪斯（吉尔伯特），尽可能赶走那些快毁掉你的家伙，聆听读者有益的疾呼，就算疾呼错了也别在乎。唯有如此，你才能坐下来，捋清思路，写出有深度的好作品。

忘掉你个人的悲剧。最初，我们都被生活欺骗，只有体验过伤心欲绝，你才能潜心写作。当你受了伤，你还可以用它做素材——不要掩盖；如科学家忠于事实——但别看重这些经历，因为它不只发生在你身上，还发生在你身边的人身上。

这一次，就算你跟我翻脸，我也不与你计较。与人说写作、说生死这些事，感觉真妙。

我想与你见一面，平心静气地谈一谈。在纽约谈话那次，你气急败坏，我们根本谈不下去。你看，伙计，你不是悲剧人物，我也不是。我们只是作者，写作是我们的职责。不论世人如何，你都该严以律己、笔耕不辍，而你，却与嫉妒你作品的人成婚，她一心想超过你，让你沉沦。事情远非我说的这么简单，第一次见面我就觉得泽尔达疯疯癫癫，你却与她相恋，让这段关系更混乱。当然，你还是个酒徒。但你不像乔伊斯那般嗜酒如命，许多好作家也都爱喝酒。但是，斯科特，好作家总会迷途知返，总会重回正路。当初你自命不凡，而今，你才华翻倍，更胜从前。要知道，当初我根本没把《了不起的盖茨比》那本书当回事。如今，你的文笔更上一层楼。你只需写真人真事，无须在乎故事的结局。

坚持写下去。

不管怎么说，我都很欣赏你，希望有机会与你当面一叙。从前，你我相谈甚欢。还记得我们在讷伊①街头遇见的那个垂死之人吗？今年冬天，他赶到这里来了。坎比·钱伯斯，这家伙很不错。我经常见到多斯。他现

---

① 位于巴黎西郊塞纳河畔。

在身强体壮,去年这时,他还总是病恹恹的。斯科蒂和泽尔达还好吗?保利娜问候你们。我们都很好。她打算带帕特里克去皮戈特家小住几周,再去接邦贝回来。我们有一艘很棒的船。我想好好写一个很长的故事。要写这种长篇,难。

你永远的朋友欧内斯特[①]
1934年5月28日
基韦斯特[②]

《太阳照常升起》拍成电影如何?可有机会?

书中精彩之处,无须我赘述。你该知道,那些片段好得不得了。你对《胜利者一无所获》故事集颇有见解(一语中的)。我本想收录更多故事,尤其是我发表在《时尚》杂志上的一篇故事。

(杜星苇 译)

[①] 海明威的全名为"欧内斯特·米勒尔·海明威"。
[②] 美国本土最南端的城市,位于佛罗里达州佛罗里达群岛西南端的小珊瑚岛。

屡败屡战

/ 福楼拜

> 初识福楼拜时,路易丝·高莱并不觉得福楼拜有什么魅力,相处久了,才慢慢被其才华吸引。在他们的众多信件中,他们不仅互诉衷肠,还会探讨文学作品。此篇便是一封二人探讨写作的信。

…………

我给昂里埃特·科利耶写了一封信,敦促她认真处理手稿之事,如她无法妥善处理——手稿全部或部分,就把它寄回克鲁瓦塞给我。此信已发。

这周很糟糕。工作没进展,事已至此,我不知道还能说什么。写作要细致,要处理很多微妙的情节,我还欠火候。草拟提纲,胡写乱涂,不断摸索,不知所云。现在可能稍有起色。哦!作品风格真恼人、棘手!我想你对这本书的体裁一无所知。在其他书中，我的文风有多放荡不羁，在这本书中就有多循规蹈矩。我试图遵循一条直线的行文结构，没有抒情，没有反思，也没有作者的个人化特质，所以读起来会让人伤心，有些情节会很悲惨、很可怕。上周日三点，我刚给你写完信，布耶就来了。他觉得我的写作状态很好，希望这本书进展顺利。愿上帝保佑！但这需要一段很长的时间，明年冬天之前肯定是完不成的。我每周写的内容不超过五六页。

我感觉《新闻报》上刊登的那首诗比我初读时要好，主要问题在于第一部分和第二部分之间缺少衔接。东方（第一部分）和希帕提娅（第二部分）两部分的内容足够丰富，完全可以分成两首独立的诗。现在看不出前一部分如何引出后一部分。至于题词，私下里讲，你对马克西姆的所为有点儿轻率。既然你在手稿里已经写了题赠给他，之后在印刷版里又更改了，显得有点儿不太厚道。

我没有任何关于他的消息。杜舍明的散文虽然不时从语气中流露出一些东西，但立意很好。至于年轻的马克西姆，虽说有些不幸，但我想他很可能不知道这次出版的事，至少他从没跟我提过。事实上，他比自己原以为的要富有得多。

至于钱，随你支配，亲爱的女士。我给你的任何东西，你都可以随意处置。你可以把克鲁瓦塞抽屉里的钱视为自己的财产。只要和我说一声，我立刻就给你寄去。

你对《圣安东尼》这部作品感兴趣吗？你知道吗，你的赞美会宠坏我的，可怜的宝贝。这是一部失败之作。你提到的优点只是一颗颗珍珠。但只有珍珠串不成项链，关键在于串珍珠的线。在《圣安东尼》这本书里，我自己就是圣安东尼，我忘了原主人公是谁。这是一个需要塑造的角色，难度不小。如果还能修改此书，那我就太高兴了，毕竟我投入了很多的时间和情感，虽然它还不够成熟。在素材方面，我做了许多工作，我指的是历史部分。当我认为故事的梗概已经写好了，我才开始全身心投入创作。但创作的先决条件是提纲，《圣安东尼》偏偏缺少这样的提纲。思想演绎严丝合缝，但与事件的衔接上没有做到步调一致。戏剧性的事件拼凑得太多，反而让整部作品失去了戏剧性。

你预言我前程远大。哦！多少次我渴望爬上那堵大理石墙的顶端，却一次次摔倒在地，指甲流血，肋骨折断，头嗡嗡作响！多少次我张开稚嫩的翅膀，风一次次从我身边掠过，却并未将我托举升空，我只能一次次坠落，跌倒在泥潭里灰心丧气。我不屈不挠，屡败屡战。

我将勇往直前，直至肝脑涂地。谁知道呢？机不可失，时不再来。人但凡对自己所做的事业抱有正确的看法和坚持不懈的劲头，就一定会实现自己的价值。我认为有些事只有我一人感知，别人理解不了的，我却能理解。你能看到年轻人的痛苦，是因为你还年轻。

我和可怜的阿尔弗雷德曾共度过美好的青年时光。我们生活在理想的温室里，用诗歌燃烧人生的烦恼。我们就是这样的一代人！我们从来没有穿越时空，肆意旅行，但我们的神思遨游万里，尽管我们一直守在壁炉边；我们的思想直冲云霄，尽管房间的天花板很低。我的脑海里总是浮现那些下午，那些长达六个小时的谈话，那些在海边的漫步，那些烦恼，那些无穷无尽的烦恼！记忆像一团火焰，在我身后熊熊燃烧。

你坦言开始理解我的生活，大抵你是知道它的来源。总有一天，我能随心所欲地写作。那时，我的精力将大不如前。除了眼前的景物，我将看不到其他任何东西。我自觉已有四十岁、五十岁、六十岁了。我的生活像一个齿轮，有规律地运转着。明日之所为乃今日之重复，今日之所为乃昨日之重复，我十年如一日。我发现，我的组织机体是一个系统，不由我做主，而是顺着事物的自然发展规律而行，就像北极熊栖息在冰层之上，骆驼行走在沙漠之中。我是个以笔为生的人，通过笔、因为笔、借由笔来感受这个世界，继而生发更多的领悟。明年冬天，你会明显看到我的这个变化。我会花三个冬天的时间，尽情游历，穿破几双鞋，然后回到自己的陋室——不是默默无闻，就是声名显赫地死去；不是手稿堆积如山，就是作品大量发行。

然而，我的内心深处始终被一件事困扰着，那就是不知自己能力几何。这个自称内心平静的人，其实对自己充满了怀疑。他想知道自己能爬升到什么地步，他的肌肉蕴含着多大的能量。提出此问，实乃奢望，因为对自己力量有确切认知的，唯有天才而已。

再见了，吻你千千万万遍，从肩膀到耳朵。保留好我所有的手稿。我会亲自带《布列塔尼》手稿给你。

想你

1852年1月31日周六晚

克鲁瓦塞

（李泓森 译）

有一颗星星为我而闪

/ 卡夫卡

1912年9月,卡夫卡在一个山城疗养,认识了菲莉丝小姐。他对菲莉丝一见钟情,却与其两次订婚又两次解除婚约。尽管两人最后未能成就姻缘,但从他们的通信来看,他们拥有过真挚的感情。在这封信中,卡夫卡大谈特谈他的写作之路,将心爱的姑娘与自己喜爱的写作相提并论。

亲爱的菲莉丝小姐:

希望您至少这一次不要因为我对您的称呼而怪罪我!您多番要求我写写我的生活方式,所以我可能不得不谈到一些对我来说难以启齿的事情,这些事我平常是没有勇气对一位"仁慈的小姐"说的。另外,我对您的新称谓也不算太糟吧,否则我连想都不敢想,更别说还对自己想出这个称呼感到相当满意了。

不管过去还是现在,我的人生都是基于我对写作的尝试,而且常常是失败的尝试。我一旦停止写作,就只能躺在地板上,一无是处,等着被扫地出门。虽然我没有清晰地看到自己的处境,但已感到前所未有的虚弱。出于本能,我必须从各方面节省体力,逃避一切可能消耗能量的事情,以便集中精力服务于我最看重的目标事业。但是我没能这样做(我的老天!在这个节假日,我却在单位值班,不停地有人来访,让我不得安宁,简直像身处小型地狱)。我只想从这里逃离,我拼命压抑自我,伤害自我,并为自己感到羞愧。在自我拉扯中,我的力量被削弱。但正是这些让我如坐针毡的事,随着时间的推移,反而给了我一种信任感。我开始相信,即使很难找到,但总有一个地方,有一颗星星为我而闪;在它的照耀下,我能够继续活下去。有一次我列了一个表,把我为了写作而牺牲的东西和写作从我生活中夺走的东西都写下来。更确切地说,我能接受因写作而发生的损失,而不是其他。

真的,我现在骨瘦如柴,是我认识的人里面最瘦的一个（这么说，是因为我是进出疗养院的常客）。同样，我现在身上存留的一切都是为了写作，没有其他任何多余的东西。如果有比人类更高等的力量想要利用我的才能，那我就会变为一件好使的工具任它摆布；如果不存在这样的力量，那我将一无是处，会被置于可怕的虚空。

现在我的生命和思想都因您而延续，我清醒的时候，几乎没有一刻钟的时间不在想您，在很多很多个一刻钟里，除了想您我什么都做不了。但即便是想您这件事，也与写作脱不了关系，因为波浪般起伏不定的写作状态决定了我的状态和心态。如果写作不顺利，我肯定没有勇气走近您。这种感受是如此真实，它真的存在。从那个晚上开始，我就感到胸口处好像开了一个洞，我不由自主地通过这个洞来呼吸。我现在已经习惯写作时脑海中出现您的身影，在此之前，我还一直认为，我写作的时候，就不应该为您分一丁点儿心——我是最近才惊讶地发现，原来自己这么想过。就我和您的关系，我曾经写下过一小段话："有人收到了一版巧克力作为礼物，这对他来说是工作中的一种小调剂，随后他去接了一个电话。最后这人就催送礼物的人去睡觉，并威胁她，如果她不听话照做，就要把她直接送回房间去。这种对愤怒的记忆，源于您母亲因您长久待在办公室而大发雷霆的场景。"我特别喜欢我写下的这段文字，在您毫无觉察的时候，我把您放进了我的作品里，这样您就无须反抗，虽然您读到这些地方，也不一定会注意到这种小细节。您大可放心，不必为出现在我的作品里而忧虑，世界上没有比这里更安全的地方了。

我的全部生活都是围绕着写作展开的，如果有变动，只可能是为了写作而变。时间是仓促的，力量是微小的，办公室是令人生惧的，居所是喧嚣吵闹的。我的人生注定不是一帆风顺的，只能靠写点文章在夹缝中苟且偷生。我费尽心力分配时间，只求多写些作品出来，尽管写成之后的成就感完全无法抵消写作时的痛苦。我本来不想把这些痛苦写下来，它们却不由自主、淋漓尽致地出现在我的作品里。

过去一段时间，我的写作受到干扰，为此，这一个半月以来，我重新安排了我的时间：早上八点到下午两点或两点二十待在办公室，午饭吃到三点或三点半，然后上床睡觉（很多时候都只是尝试入睡，有一周我在睡觉时，总有一个衣着复杂的黑山人①出现在我眼前，他衣服上的细节我看得清清楚楚，看得我头痛欲裂），睡到晚上七点半，起来开窗，赤裸身体做十分钟体操，再散步一小时，要么是独自散步，要么是和马克思或者另一个朋友一起散步，接着和家人共进晚餐（我有三个妹妹，一个结婚了，一个订婚了，还有一个未婚，虽然三个都是我亲爱的妹妹，但我最爱的还是未婚的小妹）。大概在十点半（甚至常常要到十一点半），我才坐下来写作，写到什么时候要根据我当天的精力、兴趣和运气而定，到凌晨一点、两点、三点都有可能，甚至有一次写到了凌晨六点。写作结束后，像上面提到的那样，赤身再次做体操，只是这次要避免太过劳累，接着洗漱，大多数时候我会带着轻微的心脏疼痛和腹肌痉挛的状态上床睡觉。安然入睡几乎是不可能的事情，因为我一边睡觉（这位先生甚至奢求一夜无梦），一边想着自己的工作，还试图当机立断地回答一些靠当机立断无法回答

---

① 旧译"门的内哥罗人"，具有黑山国籍的人。

的问题，比如第二天是否会收到您的来信，又比如什么钟点会收到您的来信。这样一来，我的夜晚就由两部分组成，一部分是醒着的，另一部分是失眠的。关于这一点，所有这些如果我想详细地写给您知道，而且您也想听，那我永远也写不完。所以我早上坐在办公室里，筋疲力尽地开始一天的工作也就没什么好奇怪的了。

我走向我的打字员时要经过一个走廊，有一阵子走廊里放着一副担架，他们用它来运送卷宗和印刷品。每次经过那个担架时，我都觉得它是为我而准备的，它正在等着我。

准确地说，我不应该忘记自己不仅是一个公务员，还是一个工厂主。我的妹夫拥有一个石棉厂，而我是工厂登记在册的股东（虽然是我父亲注资让我当上的）。这个工厂给我带来了巨大的痛苦和焦虑，但我在这里并不想提及。不管怎样，很久之前我就开始尽可能地忽视它（就是说我不再参与工厂的工作了，虽然我的参与本来也毫无用处），事实上我也成功摆脱了工厂的事务。

我想讲的目前只讲了一点点，压根儿还没来得及问你的情况就不得不结尾了。我不应该错过你的任何回答，无疑更不应该错过向你提问的机会。现在有一种魔法，两个无法相见的人、无法面对面交谈的人可以借助这种魔法了解彼此的大体近况，这一下子就解决了问题，甚至不必把一切都写下来。这算是最高级的魔法（虽然它看上去并非如此），使用它不会获得奖赏，当然也不会获得惩罚，人们会忍不住前去一探究竟。我先卖个关子，不说出它是什么，您得自己猜出谜底。谜底短得惊人，所有的咒语不都很短吗?

祝好！请让我长久地吻您的手，好为这个祝愿盖上印章。

您的弗兰茨·卡夫卡

（这封信使用了工伤事故保险公司的信纸）

（刘彦好译）

猫是真的在笑哩

/ 夏目漱石

这是夏目漱石写给他的学生森田米松的信。森田米松是日本近代作家,是夏目漱石在大学任教时教的学生。他在信中谈及文学创作的问题,从中可窥见他对后生循循善诱、谆谆教诲的良苦用心。

25日(周四)午后二点至三点
由本乡区驹达千驮木町57号
寄至本乡区丸山福山町4号伊藤春转森田米松

又给你写信了。

对自己的作品感到懊悔,是本着对艺术的良心,没有比这更难得的了。我认为没有这种良心,就没有资格成为一名文学家。

认清自身的价值并非易事。古往今来，从未有志于文学创作的人突然执笔写出优秀的作品，这样的例子层出不穷，那是因为他之前没有发现自己有这方面的才能。对于小说之类的作品，不见得有人会一步登天写出鸿篇巨作。一个人能突然写出优秀的作品，一定是天赋异禀，才能在时机到来之际充分展现自己的才华，否则需要不停地写，才能熟能生巧，逐渐进步。

像我这样的人，无论如何也算不上文学家的典范。我在你这个年龄，思想浅薄，而且狭隘，连你作品的三分之一都写不出来。我二十三四岁时没写完的小说有十五六篇，读起来枯燥乏味，因为太难为情，早就让妻子撕成废纸了。

当然，即使是今天，我也只能写出你所看到的程度，但和当初相比，已经有了很大的进步。因此，我立志不断进步，直至死亡。

就说现在，比如《我是猫》[①]，写了一段后，我就担心下面写不出来，但一到关键时刻，灵感又浮现了出来，我又能写出之前的那种文字了。由此可见，不全部

———————
① 夏目漱石的代表作。

写完，自己都不清楚头脑里究竟有多少东西。

你是否也应该不断进步，至死方休呢？对于写作，难道不应该拼尽全力、竭尽所能吗？感到懊悔不要紧，那是源于自己艺术上的良心，没有必要顾忌世间所谓的批评家说三道四。

你在感叹自我渺小的同时，却在信中大大地鼓吹自我。倘若你的自我真如信中所言，你却仍要自叹渺小，终究有些言不由衷。

告白文学[①]很好，没有比告白文学更能教育人的了。所以，你只管写出优秀的作品，总有识货之人。在这方面，你有巨大的潜力。

你的文章中有很多超越了你这个年龄的感悟。凭借这一点，你就拥有了无价之宝。读你的信，有些句子精妙绝伦，可谓字字珠玑。信中还有些巧妙的比喻，比如"我想像臭水沟里的老鼠一样，一声不吭地冻僵死亡"等，写得非常生动形象。

你的批评，比一般杂志记者之流更有见识，让人读来受益匪浅。我相信这些见识一定会很好地体现在你的

---

① 即在作品中全然坦白自己想说或难以启齿的事情。

作品中。

我认为这些都是你的长处,它们不会消失。今天没有大作问世,不代表一生都不会有。再说即使有好作品,也无法保证被世人接受。所以,你只管"但行好事,莫问前程"。

当然你要做好这样的心理准备:衣食方面,难保无忧。神无法保佑你既享锦衣玉食又出千古华章。

今夏,你就要毕业了,不出意料的话,毕业了就要为生计奔波。如果你不喜欢那样,随便去乡下中学找个工作就好。

我的性格平整如砥,并不乖僻,只是这个世道乖僻罢了。面对苦难,猫不总是强颜欢笑,它是真的在笑哩。

看完此信,你不必特意回信。我只希望你发奋学习。

此致!

金之助[1]

1906年2月15日

(应中元 译)

---

[1] 夏目漱石原名为"夏目金之助","夏目"是姓氏。

我已经在想春天了

我已经在想春天了

/ 契诃夫

加尔申是俄国作家,英年早逝,出版社编辑普列谢耶夫打算出一本加尔申的文集,因搜集到的稿件数量不够,写信请求契诃夫写点东西。契诃夫正为此事发愁,因为他手头上也没有即刻就能用得上的稿子,所以写信给普列谢耶夫,说明事情原委。

阿·尼·普列谢耶夫:

亲爱的阿列克谢·尼古拉耶维奇,您别斥责我,还是先让我辩解两句吧!我现在都明白了,当我答应您为10月刊写短篇小说的时候,我的脑子里装满了各种各样的数字,完全混乱了。我去莫斯科的时候,就已决定在9月份为《北方通报》写点东西,10月1日至2日能完稿,10月5日前寄出……在我的脑子里,这个带有欺骗性的

"10月"和"10月刊"就这样混淆了。从9月初开始写的话，无论如何，我都赶不上这本要在9月印刷的"10月刊"了！真心恳求您和安娜·米哈伊洛夫娜原谅我的大意。我的短篇小说[①]一定能刊印在11月刊上，这是毫无疑问的（如果您不嫌弃它的话）。我正在一点一点地写，这篇小说呈现出来的基调是愤怒的，因为我自己正生着很大的气。

至于加尔申文集的事情，我不知道要说什么好。要是你们连一篇短篇小说都不提供，那我也不愿意提供。第一，像已故的加尔申这样的人，我是极其敬佩的，也认为公开表达对这类人的喜爱是义不容辞之事；第二，加尔申在临终前为我做了很多事，我无法忘怀；第三，拒绝参与文集的事情就等于不讲友情，卑鄙下流。所有这些我都清楚明白，但是请您想一想我荒唐的处境吧！我手上根本没有适合这部文集的题材。

我现在所有的题材，要么是太通俗，要么是太欢快，要么就是太长了……就连一个不太好的稿件都被

---

① 指《命名日》。

我改成一篇小随笔，投寄到了《新时报》，毕竟我在那里欠了一身的债……不过，我还有一个题材[①]：一个性格和气质像加尔申一样的年轻人，为人出众、诚实正直又富有同情心，他平生第一次进了妓院。严肃的事，严肃地写。在这篇小说里，我力求把所有事情都写得实事求是，也许能够把它写成我心目中所想的那样，传递出一种悲伤而压抑的情绪。或许是一篇挺好的小说，适合放进文集里。但是，我亲爱的朋友，您能保证审查机关或编辑部不会对我的书稿进行大刀阔斧的删改，删去我心目中的重要段落吗？毕竟这是一本有插图的书，因此一定会被审查。如果您能保证一字不删，那我就花两个晚上把它写完；要是您没法担保，那就请您再等一周吧，我会给您一个最终答复，或许会再想出一个题材！

光荣啊，文章多产的谢德林和谢格洛夫！当然了，多做工作比什么也不做的要强得多，您对年轻作家的指

[①] 契诃夫利用这个题材写成了《精神错乱》，发表在《回忆弗·米·加尔申》文集中，该书于1888年12月面世。

责完全恰如其分。但从另一个方面来说,并不是每个作家都适合大量写作的方式。

就拿我来讲吧,在过去的一个季度,我写下了《草原》《灯火》两部小说、一部剧本、两个轻松喜剧,还有一大堆的短篇故事,另外还开始了一部长篇小说的写作……那又如何呢?要是把这一百普特①的沙子澄洗一下,那么(如果不把稿酬计算在内的话)一共只能得到五所洛特尼克②的金子,不会再多了。

无论如何,下一个季度,我一定会多写文章,拼命地赚更多的钱,这样到了夏天就可以什么都不用做了……啊,莫斯科真是令我厌恶透了!秋天才刚刚来临,而我已经在想春天了。

我把买田庄的事情推迟到了12月。您担心银行的锁链会缠得我不能动弹,这不太可能。因为我要买的田庄并不值钱,且我向银行支付的金额不会比我每年租用乡间别墅的费用多,也就是一百五十到两百卢布之间,这

---

① 俄制旧式重量单位,1普特约合16.38千克。
② 俄制旧式重量单位,1所洛特尼克约合4.26克。

些钱我还是有的。按照我平均的收入计算，银行的钱能在接下来的两到三年内结清。如果我打算造房子，就算按最贵的那种房子——有六七个房间和高高的天花板，地上铺设地板——计算的话，也不会超过一千卢布。我可以在夏天的时候，从三个地方预支到这笔款项，或者在那之前直接挣到这么多钱。一开始可以用干草盖屋顶（在波尔塔瓦省，这种干草屋顶造得非常好看），地板和窗户我们自己动手刷漆（米沙[①]很会刷漆）。还有很多事情，我们都可以亲力亲为，因为我们从小就参加这种劳动。最重要的是家具和陈设。如果住得不舒服，那么即便是最好的房子也不像样。而我确实没有家具。唉！

如果您对于柯罗连科的猜测是正确的，那真是太遗憾了。柯罗连科是不可替代的。人们爱戴他，读他的作品。他的为人也非常好。

米哈伊洛夫斯基[②]也不再为《北方通报》工作了，

[①] 应该是契诃夫的弟弟米哈伊尔。
[②] 俄国社会学家、作家、评论家和翻译家，与柯罗连科一起做过《俄国财富》杂志的编辑。

坦白地说，这让我感到很悲哀。他聪明，又有才华，尽管最近他有点儿乏味无聊。无论是普罗托波波夫①，还是Impacatus②，都很难取代他，如同烛火无法替代月亮的光辉。

到明年夏天，至少是在7月以前，我们大概又要去林特瓦列夫家里住了。我不建议您去克里米亚，如果您想被大自然的风光震撼，想要为此发出赞叹，那就去高加索吧。绕过像基斯洛沃茨克这样的疗养地，沿着格鲁吉亚③军事大道向梯弗里斯④出发，再从那里去往博尔若米，接下来穿越苏拉姆山口，直达巴统⑤。比起住在犹太化了的雅尔塔⑥，我推荐的旅行路线更便宜一些。

小乔治⑦似乎到音乐学院去了。

---

① 俄国文学评论家，民粹派人士。
② 这是《北方通报》一位撰稿人的笔名，此人的真实身份不详。
③ 外高加索西北部国家。
④ 即今天的第比利斯，格鲁吉亚首都和经济、文化中心。
⑤ 格鲁吉亚港口城市，位于西南部黑海沿岸，邻近土耳其边界。
⑥ 克里米亚地区疗养城市，位于克里米亚半岛南岸。
⑦ 应该是契诃夫的堂弟格奥尔吉，小名乔治。

向您全家人和列昂季耶夫问好。

祝你们幸福。

您的安·契诃夫
1888年9月15日
莫斯科

又及：我11月份会去彼得堡[①]。

（崔舒琪 译）

[①] 即"圣彼得堡"，今俄罗斯第二大城市，列宁格勒州首府。

我的抱负很大

/ 爱伦·坡

二十四岁时,爱伦·坡与年仅十四岁的表妹结婚,婚后两人一直过着清贫的生活。1847年,妻子因病去世,爱伦·坡悲痛欲绝,借酒消愁,乃至于精神错乱。在这封写给医科学生的信中,爱伦·坡回顾丧妻之痛,但用更多笔墨讲述自己的写作计划,看来他正在试着走出伤痛。

尊敬的阁下:

你的上一封来信,就是写于7月26日、以一句"你是否愿意回信?"结束的那封信,这段日子以来,我一直打算回信,却终究只字未写,直到我对《铁笔》和其他事宜有了明确的想法。想必你已发现,我这次寄给你的还有一份征订单,此事我稍后详述,请允许我先对你信中提到的几点疑问做简单的答复。

1. 霍桑①那部作品已经出版,你是否喜欢?

2. 可怜人科尔顿在蛤蟆池塘②有些私交——你了解那些学究们——他们完全不看好《诗歌原理》(应了我先前对你说的预判),于是我收回这篇文章,给了他一首诗歌,即发表在《美国评论》12月刊的《尤娜路姆之诗》。我随信附上这首诗在《家庭日报》(威利斯办的报纸)上的原稿,上面带有编辑的批注;你是否喜欢《尤娜路姆之诗》?回信时请告诉我。至于《诗歌原理》,我在给科尔顿报价的基础上抬了抬价,把它以不菲的价格卖给了格雷厄姆,它至今还在格雷厄姆手里——但不会一直留在那里;因为我打算讨回稿件,修订或重写(因已发表《伊万杰琳》),待我前往南方和西部为自己的杂志考察时,用它做演讲稿。

3. 我的杂志筹备始终毫无进展,倒是一直在为自己的书忙碌,不管怎么说,我已经写了几篇短文,尚未发

---

① 美国小说家,代表作《红字》。
② 指美国波士顿。波士顿公园中有一座极具代表性的青蛙池塘,池塘边设有一对青蛙雕像。作者正是借此讽刺波士顿人。

表——有些也发表了。

4.我身体健康，状态绝佳，胜于以往任何时候。

5.我真不知还能怎么回复英格利希。只有了解了他（英格利希）的为人，你才能合理地评判我的回复。他这个人"满嘴跑火车"，如果郑重其事地回复他，那便是滑天下之大稽。他根本就是在给人扣帽子，比如说些莫须有的罪名。基于这个前提，唯一可行的办法是：压根儿不搭理他。可就算他信口雌黄、愚蠢之至，被他指责的人也不得不回话。他就是吃准了我这一点。我必须回复他。但该怎么说？相信我，世上最难的事，莫过于一个堂堂绅士被一介泼皮逼着回话。但这正是激发绅士才华的好时机。坦白告诉你，我更想写篇文章回应他——我有不少朋友这样做。如此回复，我能把主旨表达得淋漓尽致，不会产生一丝歧义，不亚于任何一篇艺术作品！你误以为我整篇回信都在"泄愤"，泄愤只是我据理力争的工具，是我谋略的一部分，收笔时的"愤愤不平"也是一样的目的。一件恰合我意的事情，怎会让我心怀怨恨？如果我遭遇人身攻击这种"奢侈"的东西，尤其是还可以反驳的那一种，那我情愿每年花两千美元雇人全年不停地抨击我。我想你知道我起诉了《镜报》，且打赢了官司。英格利希躲过了一劫。

5（6）.① "普通朋友"是指弗朗西斯·S.奥斯古德夫人，那位女诗人。

6. 对于富勒小姐的评价，我只赞同其中一部分。她有批判力，但略显笼统，不具针对性。她属于某种流派——歌德式批判，注重美学，赞美居多。该流派的信条是：批评某位作者时，必须照葫芦画瓢，模仿原作者的文风，有过之而无不及。她虚伪极了。举个例子，她辱骂洛厄尔（或可谓之为当代最好的诗人），只因私下里曾与他龃龉。因为同样的理由，她删掉了所有提到我的部分。不过，在她的新书发行前不久，她曾在《论坛报》上大肆吹捧我。我随信附上她的评论，请君自行判断。她赞扬《巫师》一书，因其作者是马修斯（拍她马屁）。总之，她性格乖戾、反复无常，是个没人要的老姑娘，别招惹她。

---

① 此条及后面几条序号有误，疑为作者在写信的过程中忘记写到第几条了。

7. 没人删改《玛丽·罗热疑案》，是我自己修改的，都是些故弄玄虚的部分。这则故事最早发表在斯诺登的《淑女同伴》上。"海军军官"承认人是他杀的（或者说是被害者企图堕胎导致的意外死亡更合适），案情已水落石出，相关内情，我不可再透露。

8. 《金甲虫》最早是寄给格雷厄姆的，但他不喜欢，我用几篇评论文章从他手里换回这部作品，转手寄给了《美元报》。当时，《美元报》悬赏100美元征集最佳故事。它夺得奖金，让我一时名声大噪。

9. "必需品"关乎金钱。我是指《镜报》嘲讽我穷困潦倒一事。

10. 你在信中写道："那狰狞的'恶魔'是什么，竟搅得'天翻地覆'，'令人悲痛欲绝'？可否给我些提示？"当然，我可与你明说。这"恶魔"让人大祸临头。六年前，我的爱妻——我对她用情至深，无人能及——唱歌时，她的一根血管破裂了。原以为她即将撒手人寰，我与她诀别，悲痛欲绝。幸而她转危为安，我又重拾希望。某年年底，那根血管再度破裂，同样的痛苦，我又经历一次。约莫一年后，旧戏重演。如此循环往复，一次又一次，间隔时长时短。每一次我都深受折磨，唯恐要失去她；每一次她病情复发，我又比以往更爱她，更添一分挽救她性命的执念。可我生性敏感，极易焦虑，长此以往，我的理智被击溃，精神开始错乱起来。病发期间，我神志不清，喝得烂醉，天知道我喝了多少回、灌了多少杯。自然，我那些死对头认为我是喝酒喝疯了，而不是因神志不清才喝酒。的确，过去的我几乎完全丧失了痊愈的希望，但爱妻逝世后，我发现天无绝人之路。身为男子汉大丈夫，丧妻之痛尚可忍受，我也当真做到了。我不能忍受的是：在希望与绝望之间摇摆，提心吊胆，永无止境。过去的我已经死去，我重获新生，只是……老天啊！新的生活多么忧郁。

到此，我已解答你所有的疑问，容我谈谈《铁笔》。我决心自己做出版方。受制于人，终将灭亡。我的抱负很大。如果办成了，我便为自己挖到一桶金，且前途无量。我打算踏遍南方和西部，争取各位友人的支持，至少在创刊时收获五百名订阅读者。有了这五百名读者，一切便尽在掌握。不少朋友对我信心十足，已向我预付订阅费。总而言之,我会成功的。你是否愿助我一臂之力?这张信纸,我已经写到底了。

> 你真诚的E.A.坡
> 1848年1月4日
> 纽约

附件中那几张印刷单据,请你填完后寄回。《布莱克伍德》11月刊上那篇针对《美国图书馆》的文章,你是否读过了?若已读,请问你作何感想?

> E.A.坡

(杜星苹 译)

我走了很多的路

/ 福楼拜

《包法利夫人》一书描写的是一位妇人在婚内多次出轨的故事,是福楼拜创作的最为著名的小说,但此书在刚刊载的时候备受争议,读者认为此书"有伤风化",后来他还因此被告上法庭。这让福楼拜大大受挫。此信便是写于他受挫之时。

这可能是我从特鲁维尔①寄来的最后一封信了。下周我们会到勒阿弗尔②,周六到克鲁瓦塞。下周中旬,我会给你写张便条。周六晚上,在克鲁瓦塞,如果布耶不来,我就会给你写信。希望周六或周日早上,我回家

---

① 法国卡尔瓦多斯省的市镇。
② 法国第二大港,位于西北部塞纳河口。

时就能收到你的信,这种期待会让我回程时心情变得愉快。回家我要做多少工作啊!我很需要这个假期,它能让我恢复活力,振奋精神。两年来,我几乎没有一丝喘息的机会,我需要放个假,沉浸在海浪、草丛和树叶中,放松自己,重塑自己。作为作家,我们总是躬身于艺术创作,与自然的交流只限于想象层面。但有时候,确实需要直面月亮或太阳。树木的生机,通过我们的凝视,渗入到我们的内心,就像绵羊在草地上啃食过百里香后,肉质变得更可口一样。如果我们在自然中用心感受,大自然的芬芳便会进入我们的精气神。也就一周多的时间吧,我开始平静下来,怀着简单质朴的心去品味我所看到的景象。起初,我惊慌失措;后来,我伤心无聊。我刚刚适应这里,却又要离开了。我走了很多的路,累并快乐着。

　　我一向无法忍受雨水,但这次几度浑身淋透却浑然不知。我即将离开,悲伤逆流成河。这种感觉,过往也有。是的,我开始忘掉自我,摆脱记忆的束缚。夜晚越过沙丘,灯芯草摩挲着我的鞋子,比做梦更让我开心(现在的我离《包法利夫人》如此遥远,仿佛我从未写过这本书中的一行字)。

我体会良多,在这无所事事的人间,我得出以下结论:告别,也就是说,永远告别私人、私事和一切相关的事物。我之前抱着写份回忆录的想法生活,如今这个想法消失得无影无踪。关于自己的一切,我皆提不起兴趣。青春时的情感悸动(记忆中,这份悸动依旧美丽,甚至在孟加拉地区风格的灯光下,也能依稀可见),于我已不再美丽。让一切记忆都死去吧,永不复活!这些有什么用呢?人不过是一只跳蚤。快乐和痛苦,都应融入作品之中。云朵无法辨别被太阳蒸发上升的露水,让地上的雨水和旧时的泪水一起蒸发吧,在天空中形成巨大的漩涡,被阳光穿透。

我现在为转变写作方向而苦恼。我想把我所看到的一切都写下来,但不是简单的原貌描写,而是进行一种变形和升华。准确地叙述最壮丽的真实事物,这点,我力不从心,我能做的只是点缀和渲染而已。

我体会最深的东西再次出现在我的面前,只是场景和人物都变了,为此我修改了对房子、服装和天气的描写。我希望赶快写完《包法利夫人》《阿努比斯》和我的三篇序（就写这三篇，只此一次，其实就是写文学评论）！如此迫不及待地想要结束手上的活，是因为我想全身心地投入一个普世性强又独特的主题上去。我迫切想创作史诗性作品，用自上而下的叙述手法，撰写一个伟大的故事。我在脑海里一遍遍构思着这个东方故事，它的模糊气息奔我而来，我激动不已。

不提笔写任何东西，只是构思美丽的作品（就像我现在这样），真是美事一桩。以后我要为这些放纵时刻，付出多大的代价啊！多么可怕的陷阱！我需要警惕，但收效甚微。《包法利夫人》一书本来是一次极好的练习，但后来读者对它的反应令我异常沮丧，为此，我对平常的题材产生了反感（这样软弱又愚蠢）。这就是为什么这本书我写得如此艰难。我需要花费极大的精力在脑海中构思书中的角色，让他们开口说话，因为我厌恶这些角色。

当我写我的所见所想时，一切水到渠成，非常迅速，虽然可能存在别的问题。每当这时，情感自然流露，下笔如有神助，佳词妙句涓涓流出，但缺乏整体布局，行文啰唆，陈词滥调。相反，当我借由想象来创作时，必将从整体性来构思，小到一个逗号都取决于全书的总体规划，那么创作的注意力就会分散。怎样既要保持一定的高度，又能脚踏实地呢？细节极为重要，尤其是像我这样关注细节的人。珍珠是项链的组成部分，但那条线才是项链的关键。现在，一手拿线，一手串珍珠，保证珍珠一颗不掉，那是有点儿难度的。

伏尔泰借由书信发表个人观点，令人着迷。这是这位伟人唯一擅长的东西，他的一切才华尽在于此。他创作的戏剧和诗歌都差强人意，小说《老实人》是他所有作品的总结，写得最好的一章是拜访波谷居朗泰老爷那里，该章中几乎全是伏尔泰对所有问题的个人见解，这四页文字堪称散文中的极品，浓缩了他六十卷著作和半世纪努力的精华。但我倒是很想挑战伏尔泰，描写他所不屑的拉斐尔的一幅画作。

在我看来，艺术的最高也是最难达到的境界，既不是让人发笑或哭泣，也不是让人动情或发怒，而是按照自然的方式行事，也就是说，惹人遐想。一切佳作莫不如是。外表看起来沉静如水，实际上内里深不可测。艺术手法如峭壁之巍峨、海洋之澎湃、树林之繁茂、细语之喃喃、沙漠之荒凉、天空之湛蓝。荷马、拉伯雷、米开朗琪罗、莎士比亚、歌德等人的作品，我认为都高深莫测。他们作品的内蕴博大精深、厚重复杂。我们只能从一个小口中窥见万丈悬崖，下面漆黑一片，令人眩晕。但从整体上看，他们的作品又蔓延着一种特别和缓温柔的基调，像氤氲的光辉，像太阳的微笑，平静祥和，宁静致远！

与桑丘相比，费加罗刻画得多么贫乏！看到对桑丘的描写，我们脑海中便能想象出他骑在驴上，吃着生洋葱，一边用脚后跟驱驴前进，一边和他的主人聊着天。我们仿佛亲眼见到了西班牙那时候的道路，这在别的作品中从未被描述过。而费加罗呢？只能出现在法兰西喜剧院里，成为社会文学。

周五晚上11点

1853年8月26日

特鲁维尔

（李泓淼 译）

我买了一个住宅

/ 左拉

这是左拉写给福楼拜的信，在既是比自己大十九岁的长辈、又是文坛前辈的福楼拜面前，左拉既尊敬，又渴望超越。这封信写了文人间发生的事，还提及左拉的代表作之一《娜娜》。

亲爱的朋友：

我本想早些给您写信，却没有写成，我真懊悔。最近，我遇到了各种麻烦事。我买了一个住宅，不大的一个小窝，在普瓦西和特列勒之间、塞纳河畔的一处偏僻村庄里。我只花了九千法郎，告诉您价格，免得您大惊小怪。我用写作的稿费买下了这所简陋的乡村小屋，它的优点是远离度假胜地，附近也没有什么有钱人。我在这里孤身一人，绝对算得上与世隔绝；我已经一个月没见到其他人了。只是乔迁新居那天，我手忙脚乱，因此才疏忽了给您写信。

我从莫泊桑那里听到了您的消息，他给我买了一艘船，大老远地亲自从贝松给我送来。听说您的新作进展很顺利，我太高兴了。您不该对这部作品有所怀疑；我一直认为它题材新颖，无论主题还是形式，都让人耳目一新。我离开巴黎前，屠格涅夫还热情地和我谈起了您读给他的一些片段。

现在，和您分享一些我的消息。我刚刚完成了《娜娜》一书的大纲，构思过程我很痛苦。此书描绘的世界极其复杂，刻画的角色不少于一百个。我对这份大纲非常满意。只是，我感觉篇幅会不够用。我想把一切都囊括进去，包括一些宏大叙事。我在书中以极具父爱和生活化的方式对待那些"快乐的女孩"，我想你一定很喜欢这种方式。此时此刻，我手中的羽毛笔在微微颤抖，仿佛在预告我有一本好书即将诞生。我打算在本月20日左右，接到俄国来信后，就正式动笔写作。

您知道吗，您的朋友巴杜刚刚跟我耍了一个卑鄙的把戏。五个月以来，他一直满世界嚷嚷着要给我授勋，但最后一刻，他让费迪南·法布雷取代了我，我将永远停留在这个奖项的候选人之列。我无心争夺这个奖项，却无端地像只被玫瑰逗弄的驴子一样被这个奖项戏耍。这位和蔼可亲的部长将我置于何等尴尬的处境啊！我已经出离愤怒了。报纸曾就此事展开讨论，如今又为我的落选唏嘘不已。这实在让人无法容忍。

是的，我不想再被别人评头论足，讨论我是否具有足够的影响力。您知道为什么巴杜更倾向于法布雷吗？就因为法布雷比我年长。我再补充一点，我在其中嗅出是不怀好意的埃布拉尔在搞恶作剧。您如果看到巴杜，就告诉他我作为一个作家，一生中已经遇到过太多恶心事，但他这次先在报纸上大肆宣传要授予我奖章，却在最后一刻撤销，这是迄今为止最令我作呕的一件事。他本可以让我清清静静地待在自己的世界，而不是给我安上一个才不配位却妄图觊觎奖章的形象。很抱歉，为这件事给你写了这么多牢骚话，直到现在，我仍然满心厌恶和愤怒。

没什么别的要说的了。我和都德一起吃了午饭，他正在努力创作他的新作《贝娅特丽克丝女王》。我没看到龚古尔。屠格涅夫在俄国。沙尔庞捷一家在热拉梅,就这样!

握您的手,我妻子向您表示问候。您如果路过普瓦西,一定过来和我们一起吃午饭。您可以去找租车商萨勒先生,他会带您来我家。加油,祝您工作顺利!

1878年8月9日
梅塘

(李泓淼 译)

从辛克莱蜕变成德米安

/ 黑塞

《德米安》是黑塞以自己学生时代的经历为蓝本创作的小说,讲的是少年辛克莱在寻找自我的过程中所作出的抗争和努力。书中"德米安"的角色相当于辛克莱的精神导师,他带着辛克莱"争取个性化,争取成为人"。本信是黑塞对《德米安》一书的诠释。

亲爱的小姐:

我正在阿罗萨做短暂的休养,就收到了您的来信。对此,我只能简短回复。邮差每天分好几次给我送来大量的信件,导致我没办法专心做自己的事。

《德米安》中的人物和我其他作品中的人物一样"真实",只是这种"真实"我从不原封不动地照搬现实生活。诚然，作家可以尽力追求真实，真实的作品自然是不错的。但从本质上来说，文学创作并非对生活的简单誊抄，而是对偶然事件的浓缩、提炼和总结，使它们成为典型现象和有效素材。

《德米安》探讨的是人在少年时期的特定使命和困境，尽管这些使命和困境不一定仅仅出现在少年时期，但确实与少年最为息息相关。它主要体现在少年追求独立和寻找自我时的抗争上。

并非每个人都能成功地找到自我，大多数人都只是浑浑噩噩地、像个样本一样地在生活，没有经历过个性化的危机。但是了解过、经历过个性化危机的人就会确定无疑地知道，追寻自我的道路上一定会和日常生活、传统惯例，以及市民阶级的思想观念产生冲突。两种力量形成对峙，一边是个人对独立生活充满渴望，另一边是外界环境要求个人做出妥协。正是在这样的对峙下，才催生了自我。但催生自我的过程，个人势必要承受变革式的创痛。接受创痛的程度因人而异，就像找到真正的自我、过上独一无二的个性化生活的能力也是因人而异一样。

《德米安》讲述的正是一个少年在成长过程中为了寻找自我而进行的抗争故事，这种抗争让老师们最为头疼。这个寻找自我的少年，如果他深切地渴望独立自主，如果他在成长过程中背离了主流文化的路径，不符合主流社会的期待，那么他看上去必然像个疯子。

我认为，您恰恰走在正确的道路上，您感受到了成长的困境。这并不是说，我们要强迫世界跟着叛逆的人一起"疯狂"，来一场世界大革命，而是我们在面对世界时，要小心守护自己灵魂里的理想与梦想，让它们不至于枯萎，让它们隐藏在我们内心深处。因为世界在威胁它，同伴在讥讽它，老师在回避它。当然，它不是一成不变的固定状态，而是处在持续成长的过程中。

处在我们的时代，那些内心敏感的年轻人尤为艰难。因为我们的时代处处都在企图把人打造成同一个模样，尽可能地扼杀人的个性。我们的灵魂自然会抗争，德米安的经历正是源于这种抗争。——这些经历在不同的人那里会有不同的表现形式，但它们的意义始终是相同的：谁能够认真对待自我，谁就能走出迷惘，克服内心世界里的阴暗面。如果他足够强大，他就会从辛克莱蜕变成德米安。

> 向您致以问候
> 赫尔曼·黑塞
> 1929年2月
> 阿罗萨

（刘彦妤 译）

我建议您这样看待它

/ 黑塞

《玻璃球游戏》是黑塞晚年最后一部长篇小说,他精心打磨了十二年,运用了多种文学体裁:诗歌、传说、格言、书信、时评等,可谓独具特色。令人疑惑的是小说里没有一位女性角色,这不禁引发了读者的好奇心,他们致信黑塞请教缘由。因问的人太多,黑塞便写了这封公开信作为答复。

您的问题很难回答。我当然可以列出种种理由,但它们都不过是表面原因。创作不仅仅产生于深思熟虑和精心构思,很大程度上还产生于更深层次的缘由,连作家自己都不知道为什么要这样写、为什么要有这样的故事走向。

我建议您这样看待它:约瑟夫·克乃西特[①]这位主

[①] 《玻璃球游戏》的主人公。

人公的创作者年事已高，他完成这部作品时已经垂垂老矣。一个作家年纪越大，对精准和专业的要求就越高，只愿意谈论自己真正熟悉的领域。尽管女人是他生活中的一部分，作者本人以前对她们也有足够的了解，但是对一个正在老去、身处暮年的人来说，女人这个话题已经逐渐变得遥不可及、神秘莫测了，他已不敢妄称自己真的了解女人。而男人们的游戏，特别是男人们脑海中的想法，对他来说，简直是了如指掌，他写起来自然是如鱼得水、游刃有余。

有想象力的读者会进入我的卡斯塔里[1]，在那里创作并想象出从阿斯帕西娅[2]时代到今日的所有睿智女性，她们在精神上甚至比男人更胜一筹。

1945年2月

（刘彦妤 译）

---

[1]　《玻璃球游戏》中虚构的精神乌托邦。
[2]　希腊女性思想家、演说家。

每个人都是艺术家

我将开垦我青春的矿山

/ 拜伦

> 拜伦婚姻不幸,结婚一年后,妻子带着女儿离开了他,并暗示众人他和同父异母的姐姐关系不浅,导致流言四起,逼得拜伦不得不离开故乡英国,之后几年他主要在意大利的威尼斯度过。其间,朋友托马斯·穆尔的女儿去世,拜伦写了这封信安慰朋友。

致托马斯·穆尔:

你12月8日的来信今日才送达,不知为何延误至此,但这也是常有之事。听闻你家中遭难,着实令人痛惜,我虽未亲临,但深表同情。这一生,我与你同甘苦、共荣辱,纵使我的心有衰竭之时,那里也永远为你保留一隅空间。

我深知你的感受,因为我自己的子女也总让我牵肠挂肚（自私永远深藏于我们这可恶的泥土之躯中）。除了我年幼的合法子嗣，我后来又添了一个私生子（之前那个自不必说了），待我年迈之时——假设我能活到那个岁数，我一向觉得自己撑不到那种孤独的日子——就指望他们中的某一个给我当靠山了。我深爱我的小埃达，虽说她可能会像×××一样折磨我。

你的演讲将大受欢迎，如你所愿。我不太在意那些凡夫俗子如何看我——一切已成过眼云烟，但我十分看重你对我的意见，所以，请君畅所欲言。你了解我，我不是郁郁寡欢之人。再者，要说我冷酷无情，这种事依情况而定。但要说我风趣幽默，这在你们的社交圈里算不得什么大优点，因为这很难表现出来，或会被人视为精神错乱。

我不知默里是如何说的，或引述了什么。我称克雷布与萨姆为当代诗歌之父；我还说，以我之见——除了他们二位——"我们年轻一代"都秉持着一种错误的思路。但我绝不是说我们写得都不好。"致敬"与"效仿"有损于我们的声誉。我所说的"我们"，是指所有人，包括各类诗人，但不包括新古典主义作家，尤其当他们写后期作品时。下一代诗人将从诗神的飞马上跌落,折断脖子,我们却稳坐马鞍,因我们击败了恶棍。但骑马容易驭马难,后辈同僚必得重返马厩或骑术学校修炼驾驭"神马"之术。

说到马,顺便提一下,我将我的四匹马送到海边去了,在亚得里亚海①沿岸的狭长地带。那段海岸长约十英里,与市区相距一两英里。这样一来,我不仅可以划贡多拉船,还可以每天骑马,沿着空无一人的海滩驰骋几英里,从城堡往马拉莫科去,这对我的身心大有裨益。

过去一周,我几乎没合眼。我们正在狂欢节最后几天中苦苦煎熬,我一整夜不可睡觉,第二天亦是如此。今年狂欢节,我参加了几场不同寻常的假面舞会活动;但狂欢节尚未落幕,我不可继续透露太多信息。我将开垦我青春的矿山,直到挖净最后一条矿脉,那么——晚安了。我朝气蓬勃,心满意足。

狂欢节开始前,霍布豪斯已经走了,所以他几乎

---

① 地中海北部海域。

没享受到乐趣。此外，与威尼斯人打成一片需要花些时间。个中详情，稍后我另作一封书信陈述。

我该去为今晚的活动换装了。晚上有歌剧，还有化装舞会，我只知是场舞会，其他事宜一概不知。就此搁笔。

永远、永远与你为友的拜伦

1818年2月2日

威尼斯

又及：这封信我只字未改便要寄出，如有笔误，请多担待。《拉拉》大获成功，你名利双收，我心甚慰，再次为你的成功贺喜，你实至名归。

（杜星苹译）

每个人都是艺术家

/ 托马斯·哈代

> 托马斯·哈代是英国小说家、诗人，前期作品主要是小说，比如代表作《苔丝》，后期转向诗歌创作，写出诗剧《统治者》。这是他写给妹妹玛丽·哈代的一封信，玛丽是一所乡村学校的校长。

亲爱的玛丽：

收到你的来信之前，我以为你已彻底放弃写信了呢。你肯定是想尽可能地拖到圣诞节。

很高兴你能重返牛津，那一定是个欢乐的地方。我打算抽空去那里看看。你不应该说自己与艺术无缘，在某种程度上，每个人都是艺术家。专业人士和业余人士之间唯一的区别就在于前者必须以此为生，这经常让他们痛苦，因为对别人而言是一件愉快的事情，到他们那里可谓"砒霜"。

聊聊萨克雷吧。你一定读过他写的东西。时人将萨克雷称作当代最伟大的小说家——他凭借出色的小说创作，完美且真实地再现了现实生活——这无疑是一种正确的看法。萨克雷的小说富含艺术性与真实性，却缺乏教化性，所以尤为不适于年轻人阅读，毕竟年轻人已经具有真实性。人们说，萨克雷先生无法刻画出完美的男性或女性——如果说小说的意义在于教导读者，那这句话就大错特错；如果仅将小说看作图画书，那这句话就没什么毛病。《名利场》被视作萨克雷的最佳作品。

我希望圣诞节后的周二或周三回家，当然要与你碰个面，好好消遣消遣。

你亲爱的汤姆[①]
1863年12月19日

（张容 译）

---

① 托马斯·哈代的昵称。

并非阳光不值得

/ 罗曼·罗兰

在老师的介绍下,罗曼·罗兰认识了本信的收件人梅森葆夫人。他们常常互通书信,谈艺术、人生、理想,渐渐地成为忘年之交。这位大罗曼·罗兰半个世纪的老人给予了罗曼·罗兰很多的温暖和鼓励,因此,罗曼·罗兰在回忆过往人生时,尊称她为"第二个母亲"。

亲爱的朋友:

您告诉我无论如何周二之前不能去见您。正好,周一我们可能到不了巴黎。我们想乘船从皇家桥出发,到圣日耳曼去散散步。我尽量周二赶去见您,或者您认为哪天方便?确实,周二见面不太合适,您那天肯定会为爱德华的考试担心,无暇他顾。那我就周三或周四再过去吧。至于您何时光顾寒舍,您知道,我们每天都在翘首以盼，无论我们处在何种境遇下。

伦巴赫画像的事困扰了我好几天。我害怕此人给我画像，他那深入灵魂的凝视让我害怕，但不要因此认为我在灵魂深处隐藏着某项罪行，并没有，我只是不喜欢将自己的内心展现在别人面前。对此，您心知肚明，从前还为此责备过我（那是很久以前的事了），但您现在没有理由再说我了。因为亲爱的朋友，您很快就会是唯一知道我一切内心想法的人，或者说差不多知道我的一切。您已经知道许多了！我相信如果您持有打开我心房的钥匙，一定会体谅和理解我，允许我将自己的心门（灵魂）关闭，杜绝一切旁人好奇的窥探。

我有没有和您探讨过我所构想的艺术形式，音乐性的小说①或诗歌？一般小说或戏剧，无论哪种体裁，本质上都是一个个事件。也就是说，要么是一个单独的行为，如法国艺术中，从古典悲剧到当代小说，莫不如是；要么是一系列逻辑连贯的众多行为，从而串联起一个人物的一生；或者是几个互有关联的人物故事，共同

---

① 指《约翰·克利斯朵夫》，描写平民出身的德国音乐家克利斯朵夫的一生。

构筑出作品的主旨内容，如托尔斯泰早期的长篇小说。而音乐性的小说主题则必须是情感，最好是以其所能达到的最大程度，呈现出最普遍、最人性化的情感变化。绝对不能将小说中的情感描绘成如今所说的"心理分析"（这项工作应该留给文学评论家和哲学家去做），而是应该让情感在各种表象之下复活。人物存在的意义，只是为了承载这种情感，继而表现出这种情感。情感依附人物，人物要么成为主宰情感的主人，要么为其所害，成为情感的牺牲者。音乐性的小说的各个部分都必须产生于同一种普遍而强大的情感。正如一曲交响乐由众多表达了同一种情感的音符构成，这种情感随着乐曲的发展向各个方向延伸、增强，达到顶峰或渐次消亡。所以说音乐性的小说的灵魂和精髓是情感，情感在音乐性的小说中自由盛放。而"摩西"雕像和贝多芬的部分慢板则在艺术世界里呈现出情感的另一种形式。这些作品的情感只有力量一种面貌。小说家的任务或许就在于寻找一条富有生机的脉络，使情感的诗意在这条脉络上精彩呈现。但最重要的是要全面深入地体验这种情感，要做到这一点就必须使自己成为一个诗人。因为在现实世界中，情感很难获得充足的力量或在时间上自由地发展；情感每时每刻都在日常生活中被阻挠或制止。所以，对现实生活的观察，无论是从外部，还是内部，都远远不够。一个人只有灵魂富有诗意，才能看到和体会到现实，甚至接触到比"现实"更真实的事情。这就是我对音乐性的小说的理解。它的魅力，同时也是危险之处，在于它诗意的本质。如此一来，爱情性的小说几乎变成了对话体的颂歌，而一部讽刺小说则呈现出抒情诗的样貌。抒情的内蕴很快就渗透一切，笼罩一切。诗歌就像柔和的蓝天和正午明媚的阳光，完美的理想生活只有在诗歌营造的氛围下才得以充分实现。

听完我的陈述，您就会知道这一理念在我的体内多么根深蒂固，我已经（我也不知道从什么时候开始，但绝不是最近，可能在我感悟之前，它就已经存在于我的体内了）开始践行这一理论。我的烦恼在于，我总是焦躁不安、心神不宁、狂热不已（精神上，并非身体上），哪怕置身于谷物女神色列斯[①]沉着镇定的凝视之

---

① 罗马神话中的农业和丰收女神。

下，我也无法安静下来，我总是被这样或那样的情感折磨（只有在沉睡的梦中，我才能逃过此劫）。当我拥有的情感和我想施加于人的情感和谐一致时，那就美妙了。如若不然，我别无他法，唯有强忍痛苦，静待转机。这种强忍痛苦的情形，我经历得太多。

我与热弗鲁瓦先生见面了，在他巴黎的家中。他的状态一如既往，整体上不算太糟，还是那样和蔼可亲。我一年的任命还没有续期，我担心不能顺利地回到罗马，虽说没有确切的理由让我这样担心。我总是容易被忧虑困扰。在这里，我常常被迫考虑将来何去何从。

我像苏亚雷斯一样，思考的问题千头万绪，这让我深恶痛绝。同他一样，我也不会向世人祈求阳光下的一席之地；这样做不值得，并非阳光不值得，而是世人不值得我这样做。

关于您问我苏亚雷斯手稿的情况，该来的总会来：《费加罗报》对他的稿件不屑一顾。被拒后，苏亚雷斯立刻给我来信了。他对这次失败一点儿也不感到惊讶。不要说什么下一次会更好，他不会再向《费加罗报》投稿了。您没想到他会向《费加罗报》投稿吧？之后还能向哪里投稿呢？在所有的文学报纸中，相对而言，《费加罗报》已经是最不卑劣的一家了（虽然它本身确实很卑劣）。至于杂志（排除那些苏亚雷斯所鄙视的、由假颓废派作家创办的杂志），我认为可选的少之又少。面对这种情况，他该怎么办？为了声名远扬，像塞浦路斯女王那样出卖自己的国家吗？不是每个人都有这种勇气。不过，总有一天，他会成为一个业内大才。在蛰伏期，他会经受一些屈辱和妥协，在所难免。

祝您亲爱的爱德华好运。他现在的心情，我十分理解。我也讨厌考试，但几乎总能顺利通过。我对这种结果感到苦恼和羞愧，因为那些比我更优秀的人都失利了。然而世人总要经历一些有形的考验才能证明其精神价值，如果可能的话，我们让他多经历一些考验吧。否则，要我们何用？

再见，亲爱的朋友，我全心全意地爱着您。

罗曼·罗兰

1890年8月10日周日

（李泓淼 译）

还有书!

/ 纪德

1890年,安德烈·纪德结识了保尔·瓦莱里,相同的文学爱好让两人迅速发展成灵魂知己。他们持续通信长达半个世纪之久,信中除了互诉友谊之外,更多的是谈论彼此对文学创作的理解、对时政的评述、对道德伦理的批判以及文人之间交往的逸闻趣事。

保尔·安布鲁瓦兹[①],您是一位光之天使,我太爱您了。您的话抚慰人心,您的脸上永远带着微笑。艺术闪耀着永恒的光芒,科学与哲学亦然,这正是我们热爱它们的原因,不是吗?对于艺术、科学和哲学的思考,能将我们从无意义的争论中解脱出来。我一直在阅读,

---

① 即保尔·瓦莱里。

但不敢读康德[①]，便重读了叔本华[②]。我正在缓慢地创作《论那喀索斯》一书，之前我向您大致提过这本书，如果没有您那天晚上的教诲，或许我不会写——至少没有这个想法。我在阅读您钟爱的作家于斯曼[③]的作品《浮沉》的过程中，学习拉丁文的信心渐增，或许我该读读拉弗格的《道德集》，想必我的拉丁文会变得更好。显然，"我们终将相互谅解"这种"道德"觉悟是我目前最想拥有的。我还在苦练钢琴，每天早上雷打不动地五点起床，沉浸在自己的梦之高塔中不再出去。

上次我给您写完信后，第二天又见到了路易。我俩不欢而散，他无端地发脾气，实在令人难以承受。我井然有序的内心，被拆得七零八落；我的精神花园，被搅得一塌糊涂，导致我不能成眠，他的身影仿佛一直在我身边斥责不休——看来以后我得尽量避免见到他才行。再说，我不知道他如何看待我，上次见面时还有另一位朋友在场，我俩并没有机会交谈，我和他之间可来不了

---

① 德国哲学家，德国古典唯心主义的创始人。
② 德国哲学家，唯意志论者。
③ 19世纪法国小说家。

无声交流那一套！我面前摆着他的那封密信，他让我不要打开。此信现在还封着，真是一封象征意义的信！

有天早晨，我见到了于斯曼，他没穿外衣，只穿着肥大的蓝色背心和裤子。他的表情……怎么说呢，我想了一刻钟，也找不出一个词来形容。他的脸有些浮肿，毫无表情——或许，再也找不出这么一张平淡至极的脸了。我们闲聊了一会儿，我实在不知道该跟他谈些什么——都是些八卦新闻。但这次会面我没有不愉快，你能指望在这种场合说些什么呢？大家都戴着面具，扮演着某个角色。他邀请我下次再聚，我欣然同意。他家的雕刻和护墙板稀世罕见，极其精美——他还养了一只猫！

此外，我不想再见什么人了。这些文人实在令人作呕，世人尽是可悲的肤浅之辈——他们中可能有真正的艺术家、哲学家或智者，但他们究竟身处何方？何况我有什么权利去打扰他们呢？

文学界的马拉美[①]、德·雷尼耶[②]——或许还有保

[①] 法国诗人，其作品充满神秘主义色彩。
[②] 法国诗人、小说家和批评家，其作品以其复杂的韵律和技术性的写作方法著称。

罗·亚当①、梅特林克②——再加上几个朋友,德鲁安、瓦尔肯纳尔和您,我只和这些人交往就够了。我开始相信,真正的朋友乃是一页白纸,他的身上可以投射出你的灵魂。

还有书!拉弗格的书让我产生共鸣。

唠唠叨叨,我竟和您说了这么多蠢话!有时候,我就是会这样胡言乱语,胡思乱想。

我们还是谈谈您吧!您怎么生病了?光是想到他人正在承受肉体上的煎熬和疼痛,我就会不寒而栗。我不能帮您减轻痛苦,这是最令我悲伤的地方。

不管怎样,病痛不会持续太久,我料想,至少到考试之前,您就会好起来。我衷心祝您早日康复。但是,请理智一点,不要再受爱伦·坡的影响了!我很喜欢您的《纺纱工》一诗,如果可以的话,我恳请您,为了我继续创作下去。要说这首诗我哪里不喜欢?诗句为什么

---

① 法国记者、作家,其作品多反映出他对当时社会状况的批判性思考。
② 比利时剧作家、诗人、散文家,用法语创作。其作品获1911年诺贝尔文学奖。

用十三音节？比如这一句：

一股劲风爬上藤蔓

（Une tige lente, où le vent étranger se pose）

为什么不直说"异风乍起"？原谅我班门弄斧了。

这篇诗作像一块精美的蓝宝石，我每读一遍，便加深一次对它的欣赏。难道您不喜欢吗？

再比如，"微风拂过，此刻的花园愈加纯净"是否改成"花园此刻愈加纯净"更好？

或许是我妄言了。但我觉得"辽阔的花海"要比"花海的辽阔"更好，后一句中裁剪得过于工整，我认为"辽阔的花海"更具震撼力。

至于赞扬的话，我就不说了，因为整首诗我都喜欢，尽管我提了些粗浅的建议。

我很想把这首诗念给瓦尔肯纳尔听，不知您应允否？

在我面前，德·雷尼耶没对您的诗做任何评价，至少没有特别说明。但他肯定也觉得这些诗句清新脱俗，否则他不会不自觉地全文背诵出来。我和他主要谈及您自身、您的喜好和您对大教堂的喜爱。或许下次我可以再问问他对您诗句的看法，然后将他的评论写信告诉您。

谁给我看了您精妙绝伦的译作《睡美人》？这篇作品宛如一幅绝佳的拉加德挂毯，色彩分明。

可惜这次只能写到这里了！我的母亲正在等我"做运动"！希望今早我就能把这封信寄出去。

再见，我的朋友。

安德烈·纪德
邮戳日期：1891年6月23日

（李泓淼 译）

劈开我们心中的冰封大海

/ 卡夫卡

在父亲的打压和束缚下,卡夫卡的性格变得敏感内敛,他把自己的心冰封起来,一头扎进文学的世界里。书是他的避难所,是劈开冰封之心的斧子,是他逃离原生家庭的工具,是他精神得以自由的世外桃源。

亲爱的奥斯卡:

你给我写了一封可爱的信,好像你并不期待我很快回信,甚至压根儿不指望我回信。到现在我已经有十四天没给你写信了,这件事本身不可饶恕,但我是有理由的。

首先,我写给你的内容一定是经过我深思熟虑的,因为在我这里,对你这封信的回复要比以前任何一封回信都更重要(可惜我还是没写)。

其次，我一口气读完了黑贝尔[①]的日记（将近一千八百页），而以前每次只要我读一小节，就会立马觉得食之无味。这次我联系上下文，开始只是读着玩，后来终于鼓起勇气认真读。就像一个穴居人，开始只是百无聊赖地长时间地把入口处的一块石头推来滚去，直到石头挡住了光线、阻隔了空气，让洞穴变得阴郁而骇人时，穴居人才产生了一种莫名而迫切的愿望，想把石头从洞前挪开，但这块石头比之前重了十倍。陷入恐慌的穴居人不得不用尽所有力气，使出浑身解数，直到光线和空气得以重新进入山洞。

这些天我根本无法拿笔，因为当你审视这样的生活时，你会看到事情就是这样毫无缝隙地越堆越高，直到高得连用望远镜都快看不见顶了，这时良心就会不安。但是良心被划上一道宽阔的伤口也不无好处，这样一来，它就会变得更加敏感，能够察觉每一次的轻轻咬噬。

我认为，人们应该只读那些让他们感觉到刺痛和咬

[①] 德国剧作家。

噬的书。如果我们读的书不能像一记重拳一样砸到头上唤醒我们，那我们读它干什么呢？难道像你写的一样，是为了让我们自己开心吗？我的天哪，就算我们没有书也会很开心的。而那些能让我们开心的书，如有必要，我们自己也可以写。但我们需要的是读之感到不幸的书，继而让我们痛苦万分，像至爱之人的死亡，像被驱逐到荒无人烟的深林中，像自尽。一本书必须像一把斧子，劈开我们心中的冰封大海。我这样相信着。

你是幸运的，你的信真真正正地闪着光芒。你过去和周遭相处得不好，继而觉得自己不幸，我认为这是自然的，因为站在阴影中是晒不到太阳的。

但你不会相信是我让你察觉到了自己的幸运，充其量是：一个聪明而不自知的聪明人去和一个傻子为伍，和他不着边际地聊了会儿天，现在对话结束了，傻子想回家了——他住在一个鸽棚里，聪明人热情地拥抱了傻子，亲吻他并朝他喊道："谢谢，谢谢，谢谢……"为什么呢？因为这个傻子太傻了，把聪明人的聪明反衬出来了。

我感觉好像我做了什么对不起你的事，所以必须得请求你原谅。但我也不知道自己到底做了什么。

> 你的弗兰茨
>
> 1904年1月27日

（刘彦好 译）

不能逃避

/ 夏目漱石

这是夏目漱石写给学生铃木三重吉的信,铃木三重吉是日本小说家、童话作家。在该信中,夏目漱石表达了他的美学思想和创作观点,认为"单纯美的文字就会成为以前学者嗤之以鼻的闲文字",他"希望像维新志士那样不惧生死,以勇猛的精神做文学"。

由本乡区驹込千驮木町57号

寄至本乡区弥生町3号小林第一支店铃木三重吉

铃木三重吉先生:

有一件事,我要给你忠告;你只要接受了,就绝不会吃亏。

从小到大，我一直认为世间可以很美好，锦衣玉食，生活诗意，妻子漂亮，家庭幸福。

如果这一切不能实现，我就想办法争取。换言之，我极力避免去做不利于实现此种生活愿景的事情。但人活于世，无论怎样努力，都不尽如人意。这世界与我们想象的完全不一样。

要知道，无论我们的周遭多么肮脏、多么不愉快、多么令人厌恶，我们都不能逃避，都应积极主动去面对，否则就会一事无成。

惬意、诗意的生活，虽不知占据全部生活意义的几分之几，但料想是极小的一部分。除非像《草枕》①中的主人公那样。也不是不可以，但是存活于当今世界，我们若要一切如愿，无论如何，必须成为易卜生式的人物。

就这点而言，单纯美的文字就会成为以前学者嗤之以鼻的闲文字。俳句在这种闲文字中乐得其所。但是，

---

① 《草枕》是夏目漱石创作的中篇散文体小说，讲述一位青年画工为逃避现实世界，远离闹市，隐居山村，以求精神上的解脱。

在大千世界里，我们若只满足于沉睡在这狭小的天地，毕竟是无法进步的。况且你的周围（前后左右）不断有挑衅你的竞争对手。如果把文学当成生命，只有单纯的美是无法让人满足的。就像明治维新时的勤王家①不经历痛苦，就不会有远见卓识。我认为遇到挫折，不管是神经衰弱、精神失常，还是锒铛入狱，如果没有接纳一切的心胸，就成不了文学家。当然，作为文学家，舒服地、超然地、自视清高地沉浸在与世隔绝的个人小天地，则另当别论。但是我们要想走向广阔的世界，不可能只享受快乐，而不经历苦难。

就你的情志而言，你像名妓一样多愁善感，写一些自视清高的东西，并开始以文学家自居。现实世界并非如此，文学世界更不是这样。比如说写俳句的人，无论是虚子②，还是四方太③，在这一点上，也完全像另一个世界的人。这样的文学家成不了大器，充其量就是个普通的小说家。我一方面从事俳句文学，另一方面希望像

---

① 日本幕府时代拥护天皇亲政的政治活动家。
② 全名高滨虚子，日本俳句诗人、小说家。
③ 全名坂本四方太，日本俳句诗人、小说家。

维新志士那样不惧生死，以勇猛的精神做文学。否则我就会成为一个避难求易、畏惧斗争、寻求闲散的软弱无能的文学家。

我认为《破戒》①没有可取之处，只是在体现现实性这一点上远胜于同辈作品，但还没有达到成熟的境界。祝三重吉先生不断创作出超越《破戒》的作品。

此致！

夏目金之助

1906年10月26日，周五

（应中元 译）

---

① 日本诗人、小说家岛崎藤村写的长篇小说。

请您热爱此刻的孤独

我曾经年轻过

/ 普希金

> 书信是普希金重要的文学遗产,他写就的大量书信主题丰富,有政治书信、文学书信、情书等。下面这封信是他写给妻子普希金娜的,探讨年老的问题。

纳·尼·普希金娜:

我正在三山村给你写信。怎么回事呀,我亲爱的妻子?已经二十五号了,我还没有收到来自你的只言片语。这让我感到烦躁不安。你把自己的信寄到哪个地址去了?你就写"寄往普斯科夫省,普拉斯科维娅·亚历山德罗夫娜·奥西波娃太太处,烦转交著名作家亚·谢·普"就可以了。这样你写的信就可以更准确地交到我手上,没有你的来信我可真是要晕过去啦。

我最亲爱的宝贝，你的身体是否健康？我们的孩子们怎么样啦？我们的房子还好吗，你料理得如何？你瞧，我到现在为止一直没有动笔写作，这都是因为我心里不安稳。

我发现米哈伊洛夫斯科耶村一切如旧，只是我的保姆已经不在人世了。而且，在我离开的时候，那片熟悉的老松树林旁又立起了一排排年轻的松树，看得我很是气恼，就像我在舞会上见到年轻的近卫重骑兵时那样——我已经跳不动了。但我一点儿办法也没有，周围的一切都在告诉我，我正在老去，有时我甚至能亲耳听到类似的言论。

比如，昨天我见到了一个认识的妇人，不得不说，她可真是大变样啦。她是这样对我说的："当作家的，你老了，也变丑了。"好在我和我那位亡故的保姆都可以证实：我从来没有漂亮过，可我曾经年轻过。

这些都没什么了不起的，只有一件：我的朋友啊，请你不要去注意这些我过于在意的地方吧。我的美人，我不在的时候你都做什么啦？给我讲讲吧，你都在忙些什么，去了哪里，又有哪些新的流言啦，等等。

我听说，卡拉姆津娜和梅谢尔斯基一家到你那边去了，别忘了向他们致以诚挚的敬意。三山村这边变得更空旷了，叶夫普拉克西娅·尼古拉耶夫娜和亚历山德拉·伊万诺夫娜已经出嫁，普拉斯科维亚·亚历山德罗夫娜还是老样子，我很敬爱她。我过着谦逊而正派的日子，步行或骑马散散步，读读沃尔特·斯科特那些令我赞叹的小说，时而叹息地呼唤着你。

再见了，让我深深地吻你，祝福你和孩子们。可可和阿霞怎么样了？是否已经嫁人？请你告诉她们，在没有得到我的祝福之前不要嫁人。再见了，我的天使。

1835年9月25日
自三山村寄往彼得堡

（崔舒琪 译）

最为神圣的东西

/ 契诃夫

这是契诃夫写给俄国作家、翻译家、喜剧评论家普列谢耶夫的信。普列谢耶夫在给契诃夫的一封信中谈及俄国的演员演不好戏剧《糊涂虫》。契诃夫回信表达自己的观点。

阿·尼·普列谢耶夫:

敬爱的阿列克谢·尼古拉耶维奇,我刚给您发出一封信,就收到了您寄来的信,这肯定会让斯韦特洛夫不高兴。我会立刻将您的答复告知他,并坚持推荐他出演《难看的人》。

要是您的信件能早两个小时到我手上,那么我就会把这个短篇小说①寄给您了,可现在它正在去往巴斯科

---

① 指《命名日》。

夫胡同①的路上。

我很乐意读一读梅列日科夫斯基②写的文章。暂时再见了，我过会儿再回来给您写信。

您读完我的短篇小说后，请给我写信。您不会喜欢这部作品的，但我不怕您和安娜·米哈伊洛夫娜不喜欢，我只怕有些人在我的文字里寻找某种倾向，或者把我归类为自由主义者或保守主义者。

我不是自由主义者，不是保守主义者，不是渐进主义者，不是修道士，也不是冷漠主义者。我倒是想做一个自由的艺术家，仅此而已，可惜的是上帝没有赐予我成为艺术家的能力。我仇恨任何形式的虚伪和暴力，我也同样讨厌宗教事务所的文书、诺托维奇③和格拉多夫斯基④。伪善、昏庸和武断专横不仅充斥在商人之家和监牢之中，还流转在科学界、文学界，乃至青年人中间……因此，我对宪兵、屠夫、学者、作家和年轻人一

---

① 《北方通报》编辑部坐落于巴斯科夫胡同。
② 俄国作家、文艺评论家。
③ 俄国记者，《新闻和交易报》的出版者和编辑。
④ 俄国政论家，《新闻和交易报》的撰稿人。

视同仁，对谁都不抱特别的好感，对谁都不会偏袒。个人认为，给人贴标签和招牌都是一种偏见。在我看来，最为神圣的东西就是人类的身体、健康、智慧、才能、灵感、爱和绝对的自由——是摆脱了权势和虚伪的自由，不管这种权势和虚伪是如何表现出来的。假如我是一个大艺术家，那么这些就是我要坚守的纲领。

不过我说得有点儿多了。祝您健康。

您的安·契诃夫

1888年10月4日

莫斯科

（崔舒琪 译）

内心充满了感激

/ 海伦·凯勒

> 海伦·凯勒是美国著名盲人作家，她在十九个月大的时候，突发猩红热导致失明、失聪。在安妮·莎莉文老师的帮助下，她学会了手语。长大后，她致力于为残障人士谋福利，开办了聋哑人学校，获得总统自由勋章，该勋章是美国最高的平民荣誉。这是她写给作家爱德华·黑尔博士的信。

尊敬的爱德华·黑尔博士：

我和老师预计明天会参加霍韦医生诞辰一百周年纪念会，不确定能否有机会与您面谈。所以，我现在给您写信，只为表达得知您将在会议上发言、我无比欣喜的心情。霍韦医生让盲人重见光明，教不能说话的人学会唇语，让这些人得以接受教育、重获机遇、重拾幸福，他们内心充满了感激。我想,要表达出这份情愫,您比其他任何人都合适。

我正置身于书海,安坐此处,潜心学习,伟人与智慧陪伴在侧,悠然自得。我不禁设想:假如霍韦医生未能完成上帝赋予他的使命,我的生活将会怎样?假如他未曾肩负起教育劳拉·布里奇曼的重任,助她脱离生死边缘、重返人间,今日的我是否还能进入拉德克利夫学院成为一名大二学生?没人说得清。不过,这种假设毫无意义,不该与霍韦医生的伟大成就联系在一起。

我想,只有像劳拉·布里奇曼那样的人——死里逃生、幸获拯救——才明白:灵魂若失去思想、信心或希望,就会被笼罩于黑暗之中,那种感觉多么孤独无助,多么令人窒息。身陷牢笼、伶仃孤苦,灵魂获释、喜不自胜,个中滋味,无以言表。接受霍韦医生救治前,盲人无法自理,需要他人帮扶,而今,他们自力更生,成了对社会有用的人。经前后对比,人们可以发现,我们的变化天翻地覆。假如身体的缺陷妨碍了生活,我们该如何应对?感谢我们的朋友、我们的救星,感谢他打开我们新世界的大门,让我们感受到海阔天空、山高水长!

　　霍韦医生因其善举将在这座城市得到应有的爱戴与敬仰。想到这里,我深感欣慰。这里见证了他的伟大事业,也见证了全人类辉煌的胜利。

　　谨此,我与老师向您致以诚挚的问候。

挚友海伦·凯勒
1901年11月10日
剑桥

(杜星苹 译)

我爱你们每一个人

/ 海明威

写这封信时,海明威正在参加第一次世界大战,此时他的腿上已经有两百多片弹片,但他对战争的情绪高涨,写信告诉家人"头破血流,皆为正义""战争中没有英雄"。战争结束后,他的热血情绪消退,才慢慢明白战争是多么残酷的一件事情,于是他开始写反战题材的小说。

各位亲人:

9月24日的家信及所附照片已于今日收到,家人们,我日夜盼望着你们的消息。那些照片好极了。我猜,现在意大利全国人民都知道我有一个年幼的弟弟。爸爸,你可知我们有多爱看这些照片,以后你得多寄几回。你们的,孩子们的,老地方的,还有海湾的——一张张照片让人喜悦至极，再说了，人人都爱看别人的照片。

爸，你说到回家，我还不能回家，除非战争结束，除非我在美国能年入一万五——白日做梦，但在这里能行。我们红十字会接到命令：任何人不准申请回去。回去就是干傻事。红十字会是必不可少的组织，为了维持运营，他们还得去美国招募更多壮丁。更何况，你也知道，要不是参军不够格，我们谁也不会来这里。若现在回美国，我就成了罪人。离开美国前，因视力不佳，我被剥夺了入伍资格。现在拖着一条伤腿，全世界没有哪个部队会收留我。但在这里，我还能服役，只要我这条腿还能动，只要战争不停，我就留在这里。野战医院容不下懒虫。过去两周里，我们失去了一个兄弟——没保住命，还有个兄弟负了伤。如果你在前线食堂当班，你就知道自己和其他士兵一样，也有可能战死沙场。我留下来只是不昧着良心。

当然，我很想回家看看你们，只是战争结束前我抽不开身。这种兵荒马乱的日子不会太久。你们不必有一丝担心，因为事实证明我的确命硬。受点儿伤没关系，再伤一次我也不介意，因为我知道，这种伤也就这样。

再受罪也就到这种程度,身上负伤,心里却得到极大的满足。头破血流,皆为正义。这场战争中没有个人英雄主义,所有人都主动请缨,但只有少数人被选中,被选之人并无特别之处,只是凭运气。被选入伍,我十分自豪、高兴,但这并不说明我高人一等。想想其他自愿入伍的小伙子,成千上万、数不胜数。所有的英雄都没了命,他们的父母也是真正的英雄。死是一件很容易的事,我曾直面死亡,所以心中有数。如果注定要丧命,对我来说很轻松。我这一辈子,最不费力的事就是死。只是家里人想不通。他们肝肠寸断、悲不自胜。一位母亲将儿子带到人世间,一定明白,孩子终有离开世界的一天。为国捐躯的烈士之母,该比世界上任何女人都感到自豪、幸福。更何况,小伙子在意气风发的青春韶华时,迎着一片光明赴死,远胜于万念俱灰时油尽灯枯。

所以,亲爱的老爸老妈,别为我担心!我亲历过,知道负伤不是坏事。如果命没了,那我就是幸运儿。

这些话,像不像一年前离开你们、独闯世界时,那个疯狂的野孩子说的?虽说旧世界①很好,我在这里也一直过得不错,但大概率我是要回到老地方去了。我对这件事的感受,我想我已对你们说过了。我现在再写一封信,讲一些让你们振奋、欣慰的好消息,大约一周写完,所以,别因这封信而消沉。我爱你们每一个人。

欧尼
1918年10月18日
米兰

(杜星苹 译)

---

① 指欧洲、亚洲和非洲。

我控诉

/ 左拉

1894年,法国军官德雷富斯被诬告向外国出卖军事机密,引起一些人,尤其是知识分子的愤怒。正义感和责任感促使左拉挺身而出,他在报纸上发表一封以《我控诉》为题、写给法国总统的公开信。在信中,他梳理了整个事件,为德雷富斯鸣冤呐喊。为此,他自己也遭受反动势力的迫害,流亡国外,直到第二年才回国。

总统先生:

承蒙您对我的盛情接待,为您应得的声誉着想,请允许我告诉您,目前,您肩上如此荣耀的星章正面临着被最可耻、最难以抹去的污点玷污。

卑鄙的诽谤并没有损伤您的名声,您赢得了人民的心。在俄国联盟为法国举办的爱国庆典中，您光彩照人，受到万民的拥戴。与此同时，您正在筹备主持世界博览会，这场盛会彰显了我国的庄严胜利，将为我们以勤劳、真理和自由著称的伟大世纪加冕。但是，可恶的德雷富斯事件玷污了您的名声，更确切地说，是给您的统治抹上了一大污点！刚刚，军事法庭居然奉命宣判艾什泰哈齐这种人无罪，这一宣判无疑给了所有真理和正义一记狠狠的耳光。现在一切都无济于事了，法国已经颜面尽失，历史将记录下正是在您的总统任职期间出现了如此恶劣的社会罪行。

既然他们敢做，我就敢讲。我要说出事实真相，因为我曾许诺，如果按规定流程正常受理此案的司法部门没能秉公执法，在办理案件过程中不详不尽，有失公允，我就要道出实情，伸张正义。大声说出真相，是我义不容辞的责任。我不想沉默，成为坏人的帮凶。如果我沉默，我就会每晚因那位无辜受冤者的魂灵而受到良心的谴责——他因没有犯下的欲加之罪，在狱中经受着最可怕的折磨。

总统先生，我要以我的正直之心，以能反抗的全部力量，向您大声喊出真相。基于您的崇高声誉，我确信，对于此事，您一直被蒙在鼓里。您是法国最高行政长官，除了您，我还能向谁告发那群真正有罪的、狼狈为奸之徒呢？

首先是关于德雷富斯受审和定罪的真相。

一个邪恶的人主导并执行了这一误审误判的流程，他就是杜·帕蒂·德·克朗上校①，一个当时普通的指挥官，他一手策划了整个德雷富斯事件。我们只有在进行过公正的调查，清楚了解了此人的行为和责任后，才能捋清整件事的来龙去脉。克朗上校心思复杂，难以被参透，满脑子阴谋诡计，沉溺于戏剧性的阴谋策划，热衷于借鉴小说中的作案手法，如偷取文件、投放匿名信、在僻静处密谋，以及从夜间兜售罪证的神秘女人那里取证。正是他无中生有，将清单归于德雷富斯之手；正是他幻想着在一个满是镜子的房间中检查该文件；还是他，据福尔齐内蒂少校所言，手持一盏昏暗的提灯，来到熟睡的犯人身边，在犯人脸上射出一束突如其来的

---

① 此人在文中军衔不统一，应该是他在案件发生的这几年中军衔有所调整。

光芒，目的是让犯人从昏睡中惊醒，起到恐吓震慑之效。我不必将一切言明，只要官方稍加调查，便会找到更多的证据。我只想说，作为一名司法官员，无论是事发后接手案件的官员顺序还是责任大小，负责调查德雷富斯案的杜·帕蒂·德·克朗上校都是这起骇人听闻、误审误判案件的头号祸首。

因全身瘫痪而去世的情报局局长桑德赫尔上校有段时间持有这份清单。泄密事件时有发生，多份文件被人窃取，直到今天仍下落不明。渐渐地，有人开始怀疑只有总参谋部军官和炮兵军官才可能执笔这份清单，于是当局设法找出此人。（这里出现两个明显的错误，表明当时对这份清单的研究相当肤浅。其实只需认真检查，当局便能合理推测出这份清单只可能出自一个步兵军官之手。）他们在上述范围内的军官家中大肆翻找，检查笔迹，像处理家务事一般，想在办公室里抓住叛徒，再把他驱逐出军队。我不想在这里重述众所周知的事情，就在德雷富斯第一次被怀疑时，杜·帕蒂·德·克朗少校粉墨登场了。从那一刻起，他陷害了德雷富斯，将整个事件变成了他的私事，他确信能将"叛徒"搞得狼狈不堪，最终使其吐出一份完整的供词。参与此次诬陷事件的还有：陆军部部长梅西耶将军，此人貌似才智平庸；参谋长德布瓦代弗尔将军，此人似乎已经被强烈的教权主义左右；副参谋长贡斯将军，他的良知底线灵活，随局势左右摇摆。但归根结底，罪魁祸首就是杜·帕蒂·德·克朗少校，他误导和迷惑了所有人，用玩弄人的通灵招魂秘术与鬼魂交谈。我们永远想象不到，不幸的德雷富斯落在他手里，经历了何种折磨。他对德雷富斯展开了疯狂的调查，设计了各种陷阱，罗织了各种荒谬的罪名，让其陷入万劫不复之境，几近把人折磨致疯。

啊！愈是了解整个事件的真实细节，愈是感到毛骨悚然！杜·帕蒂·德·克朗少校逮捕了德雷富斯，把他单独监禁。随后又跑到德雷富斯太太面前大加恐吓，威胁她如果胆敢向外界透露只言片语，她的丈夫就会凶多吉少。与此同时，那个不幸被冤的人被撕扯着血肉，大呼冤枉。就这样，审判犹如十五世纪的历史那般，在神秘的气氛中，各种凶残粗暴的逼供手段轮番上演，一切都只建立在一个幼稚的指控、一张愚蠢的清单之上。

这张清单不仅是一种粗劣的背叛，更是一场厚颜无耻的骗局，上面泄露的所谓机密几乎一文不值。我之所以大声疾呼，正是因为祸患的根源在此，如果不将真相大白于天下，不久之后便会孵化出真正严重的罪恶，那就是骇人听闻的司法不公，它会招致整个法国声名扫地，病入膏肓。我要清楚明白地指出这次司法错误如何发生，杜·帕蒂·德·克朗少校的阴谋如何酝酿，梅西耶将军、德布瓦代弗尔将军和贡斯将军又是如何被卷入其中，如何一点一点地承担起错误的责任，以至于后来泥足深陷，认为必须把这个错误粉饰为神圣的真理，甚至不容任何置疑。因此，他们最初的错误仅限于粗心大意和愚昧无知，充其量是屈从于周围环境中宗教狂热和部队精神所带来的偏见。他们纵容了愚蠢之事的发生。

　　但现在，德雷富斯被传唤到了军事法庭。一切审讯被要求绝对保密。如果他真的是叛徒，早就向敌人敞开国门，把德国皇帝引至圣母院脚下了，又怎会让我们有机会采取这种严格管制的措施呢？如今举国震惊，人们低声传递着可怕的事实、令人发指的背叛，这些背叛激怒了历史，国家自然在谣言四起声中屈服了。惩罚严重到无以复加,国家为公众的堕落鼓掌,希望有罪之人被钉在耻辱柱上、被悔恨吞噬。难道我们可以把那些难以言喻的、危险的、能将欧洲付之一炬的肮脏事实小心翼翼地掩埋在这个关起来的门背后吗?不!不!这一切的背后,除了杜·帕蒂·德·克朗少校精神错乱的幻想,什么也没有。他所做的一切不过是为了隐藏那些无聊小说中的荒唐情节。只需仔细研究军事法庭宣读的起诉书,大家便能确信,我所言不虚。

啊!这份起诉书真是毫无意义!一个人居然会因此获罪,真是一件闻所未闻的奇事。我强烈建议,所有正直之士读一读这份起诉书,看看德雷富斯居然因此被流放至魔鬼岛的过分惩罚。我们很难不愤怒,很难不为他奔走呼号。德雷富斯懂多国语言,有罪;在他的家里,没有发现任何罪证,有罪;他偶尔回乡探访,有罪;他工作勤奋,求知欲强,有罪;他冷静持重,从不慌乱,有罪;他惊慌失措,也有罪。这份起诉书,起草得未免太过幼稚,论点未免太过空洞!

起诉书共列出十四项罪状,但归根结底,只有清单一项有据可查;我们甚至得知,鉴定清单笔迹的专家们意见并不统一，其中一位专家戈贝尔先生只因没有得出他们预期的结论，便受到了军方施压。起诉书中还写道有二十三名军官提供了对德雷富斯不利的证词。证词如何而来，我们不得而知，但可以肯定的是，并不是所有人都做出了负面证词；此外，值得注意的是，所有军官都来自陆军部。所以，这是一场内部审判，所有参与者都属于圈内人。我们必须牢记这一点：总参谋部想对他发起诉讼，审判了他，现在又进行了第二轮审判。

因此，只剩下一张专家们没有达成一致意见的清单。据说，在会议室里，法官们本来打算宣判无罪。至此，我们便能够明白，为了证明定罪的合理性，这些人不顾一切地坚称拥有一份足以定罪的秘密文件，但不能提交法庭。这份文件能使一切合法化，我们必须向它弯腰服从，仿佛那是一位看不见、不可感知的上帝。我认为这份文件根本不存在，我用所有的力量否认它！一份可笑的文件，是的，也许上面提及什么妓女，还有某位D先生……无疑地，这可能是某位丈夫觉得他的妻子没有得到足够高的报酬。但那份文件不涉及国防事宜，公开后难道明天就会导致开战吗？不，不！谎话连篇，一派胡言。更可恶和讽刺的是，他们这样公然撒谎诽谤却不用承担任何惩罚，没有任何方法判他们有罪。他们煽动法国的言论，躲在公众合理的情感背后，借着扰乱人心、扭曲思想的卑鄙伎俩堵住悠悠众口。最恶劣的公民罪行莫过于此。

总统先生，事实就是这样，以上就是发生误判的全过程。德雷富斯的性情品格、财政状况、动机的不足，以及他坚持不懈的呐喊鸣冤，都足以证明他成了杜·帕蒂·德·克朗少校过度臆想的受害者，成了军方盛行的教权主义环境下的牺牲品，成了追捕"肮脏的犹太人"的被害人，这一切一切无不使我们的时代蒙羞。

现在我们来谈谈艾什泰哈齐事件。三年过去了，许多人的良心仍然深感不安，他们在忧虑中寻找证据，发掘真相，最终相信德雷富斯是清白无辜的。

关于此案，我不再回顾舍雷·克斯特纳先生从最初的怀疑到最后肯定此案为误判的过程了。在他调查真相的同时，参谋部内部发生了严重的事情。桑德赫尔上校去世了，皮卡尔中校接替他担任了情报局局长。履职期间，皮卡尔发现了一封外国特工发给艾什泰哈齐少校的电报。在强烈的责任心驱使下，他展开调查。可以肯定的是，他的行动从来没有违背上级的意愿。因此，他将此事的疑点逐一汇报给了他的上级贡斯将军，然后是德布瓦代弗尔将军，最后是接替梅西耶将军担任陆军部部长的比约将军。人们经常谈及的著名的皮卡尔档案，其实就是比约档案，这是下属为部长准备的档案，所以必然仍保存在陆军部内部。调查工作从1896年5月持续到9月，这期间有两件事情可以明确：一是贡斯将军确信艾什泰哈齐有罪；二是德布瓦代弗尔将军和比约将军毫不怀疑那份清单确是出自艾什泰哈齐之手。这是皮卡尔中校通过调查得出的结论。但骚动很大，因为对艾什泰哈齐的定罪将不可避免地推翻对德雷富斯的审判，而这正是参谋部无论如何也不愿看到的结果。

当事人必定经历了痛苦的煎熬。请注意，比约将军最初在此事的处理上没有做出任何妥协，他刚刚上任，和此案没有任何牵连，本来可以说出真相。但他不敢，可能出于对公众舆论的恐惧，当然也害怕牵连整个参谋部，包括德布瓦代弗尔将军、贡斯将军及其大量部属。然后，他在良心和他认为的军事利益之间只做了一分钟的斗争，一分钟过去后，一切已经太晚了。他下定决心妥协了。从那之后，他在此案中牵涉的责任越来越大，承担了别人的罪行，也和其他涉事人员一样有罪，甚至他的罪过更大，因为他本是伸张正义的执法人，却什么也没做。请您记住这一点！在长达一年的时间里，比约将军、德布瓦代弗尔将军和贡斯将军明知德雷富斯是无辜的，却集体对这件可怕的事实缄默不语！这些人每晚居然能安然入眠，他们也有自己深爱的妻子和孩子啊！

作为一位诚实正直之士，皮卡尔中校履行了他的职责。他以正义的名义向上级施压，甚至恳求他们，告诉他们，他们的踌躇不定是多么不明智，一场可怕的风暴正在积聚酝酿，一旦真相大白，风暴就会爆发。后来，舍雷·克斯特纳先生也对比约将军说过这些话，以爱国之名恳求他认真处理此案，不要让它恶化到成为一场公共灾难的地步。不！犯罪已经发生，覆水难收，总参谋部再也不能承认自己的罪行了。皮卡尔中校被外派执行任务，他被外调得越来越远，一直调到突尼斯。他们甚至以展现其英勇之名，派他去执行一项肯定会招致杀身之祸的任务，莫雷斯侯爵就在同一地方被杀害。但皮卡尔中校并没有让他们如愿；贡斯将军和他保持着友好的通信。只是揭发某些秘密并不是明智之举。

在巴黎，真相势不可挡地向前迈进，我们知道预料中的风暴将如何爆发。马蒂厄·德雷富斯先生控诉艾什泰哈齐少校才是那份清单的真正作者，舍雷·克斯特纳先生随即向司法部提出复审此案。此时，艾什泰哈齐少校终于浮出了水面。证据显示，起初他惊慌失措，准备自杀或逃跑。然后突然间，他态度大变，变得十分大胆。这个一百八十度的大转变让整个巴黎大吃一惊。这是因为他得到了秘密协助——他收到了一封匿名信，知道了"敌人"的策略，甚至一位神秘的女士深夜来访，交给他一份从总参谋部偷来的文件。这救了他一命。我不禁怀疑杜·帕蒂·德·克朗中校也是这一切的幕后主使，因为这些伎俩和行事作风与他丰富的想象力不谋而合。判定德雷富斯有罪这个他一手导演的杰作目前岌岌可危，他当然想阻止事态的发展。一旦案件重审，就必然导致他努力编造的荒唐悲惨故事的崩溃，他不能允许这样的事情发生。这个故事的悲惨结局就该定格在魔鬼岛！从那时起，皮卡尔中校和杜·帕蒂·德·克朗中校之间就开始了一场对决，二人一个在明，一个在暗。很快两人便双双在民事法庭上露面。归根结底，总参谋部一直在为自身辩护，不愿承认自己的罪行，而这份罪行的可憎程度正随着他们的所作所为与日俱增。

迷茫之中，人们讶异于谁在保护艾什泰哈齐少校。幕后主使便是躲在暗处策划了这一切、引导了这一切的杜·帕蒂·德·克朗中校。他自乱阵脚的荒唐手段暴露了自己。然后是德布瓦代弗尔将军、贡斯将军和比约将军，他们想尽办法让艾什泰哈齐少校无罪，因为他们不能让德雷富斯的冤屈被洗清，那样会让陆军部陷入千夫所指的众怒之中。整个事件最终便出现了这样一个不可思议的结果，正直的皮卡尔中校，整件事中唯一尽职尽责的人，成了最后的替罪羊，承受他人的嘲弄和惩罚。啊，正义，多么可怕的绝望攫住了你的心！甚至有人说皮卡尔中校才是伪造者，伪造了那封证明艾什泰哈齐有罪的电报。但是，天哪！他为什么要这么做？他没有这样做的任何动机！说出他的动机！难道说这个人也被犹太人收买了吗？这些诬陷的讽刺之处在于皮卡尔恰恰是一个反犹太主义者。是的。我们目睹了这卑鄙丑陋的一幕，罪恶滔滔、为非作歹的人被宣布无罪，品质高尚、毫无污点的人却被打击！当一个社会堕落到这种程度时，它不可避免地将要腐化。

总统先生，这就是艾什泰哈齐一案的来龙去脉：他是一个被证明无罪的有罪之人。在将近两个月的时间里，我们每时每刻都追踪着整个案件的进展。我目前只是向您做了一个简要汇报，大概梳理了一下整个事件中的要点情节，但总有一天这起案件中的每一个细节都会被原原本本地记录下来。此案中，我们目睹了德佩利厄将军，还有拉瓦里少校发起了一次恶毒的调查，让恶棍无赖们在调查中摇身一变洗脱了罪行，让诚实正直的人被玷污。随后军事法庭开庭审理此案。

我们怎么能指望一个军事法庭推翻另一个军事法庭做出的判决呢？

我甚至不想说我们一直拥有更换法官的选项。军人血液中流淌的纪律至上的观念难道不会影响他们秉公执法的权力吗？纪律意味着服从。陆军部部长是陆军部的最高长官，他已经在全国代表的欢呼声中公开确认了既判力的绝对权威，你想让军事法庭正式否定他吗？从级别上看，这是不可能的。比约将军在他的陈述中已经对法官们做出了暗示，如同在战场上一样，他们径直按照上级的意思作出了判决，根本没进行自主的思考和判断。他们坐在法官的席位上，脑袋里却有了先入为主的裁断："德雷富斯被军事法庭判为叛国罪，因此，他是有罪的，我们军事法庭不能宣布他无罪。还有，承认艾什泰哈齐有罪，就等于宣布德雷富斯无罪。"他们无法从这种思维定式中走出来。

就这样，他们作出了一个极不公正的判决，这将永远影响我们之后军事法庭的案件审理，今后，他们做出的所有判决都将受到质疑。如果说第一个军事法庭做出误判是出于不明智，那么第二个军事法庭的误判必然构成犯罪。他们的依据，我再说一遍，是最高领导已经做出了决断，宣告既判便无懈可击、神圣不可侵犯，且所有人都要服从，所以下级不能与其相悖。他们用实际行动展示了军队荣誉，希望我们爱它，尊重它。啊！当然，是的，一旦国家面临威胁，军队便会挺身而出，保卫法国领土，军队代表了全体人民，我们对他们只有爱戴和敬重之情。但我们现在并不是在反对军队，只是想伸张正义，维护正义的尊严。现在我们面对着的是手持刀剑、也许明天就会逼迫我们屈服的势力，还要我们虔诚地亲吻他们的剑柄？上帝，不！

正如我刚刚所说，德雷富斯事件是陆军部罗织的一次诬陷事件，一名参谋军官被同僚告发，在参谋部高官的压力下被定罪。再强调一遍，想要还他清白，除非将整个参谋部集体定罪。因此，各部门利用一切可利用的手段，通过新闻宣传、通讯、舆论影响，掩盖了艾什泰哈齐的罪行，第二次牺牲了德雷富斯。共和政府应当用扫帚把耶稣会的"巢穴"（比约将军自己这样称呼）清扫个干净！哪里才能找到一个真正具有明智爱国主义的强大内阁，敢于重塑和更新一切？我不知道有多少人面对可能发生的战争会因恐惧而颤抖，当他们得知国防掌握在这样一群人的手中时！这个神圣的庇护所、决定祖国命运的地方，变成了一个满是阴谋诡计、流言蜚语和贪污腐败的巢穴！德雷富斯事件，一个不幸的人，一个"肮脏的犹太人"的牺牲，让人们看到了一幕可怕的场景！啊！几名军官运用了一连串猖狂且愚蠢的手段、疯狂的想象、卑劣的暴力做法、专横的调查和暴政手腕，享受将靴子践踏在国家权力之上的优越感,以国家之名制造虚假和亵渎的借口,让国家对真理和正义的呼喊被硬生生地堵回喉咙!

依靠肮脏的报刊舆论和巴黎流氓的保护,坏人最终蛮横地取得了胜利,而法律和淳朴的正直却一败涂地,这是一种犯罪。在全世界面前,策划将错误无耻地强加于人,同时却指责那些希望法国成为自由、公正国家的"崇高人士"扰乱了法国,这是一种犯罪。误导公众舆论,利用这种被歪曲到错乱的观点来杀人,这是一种犯罪。躲在可恶的反犹太主义思想之后,毒害卑微和势弱之人,激化公众偏执的情绪,这是一种犯罪。利用爱国主义情绪增进仇恨的行为,这是一种犯罪。最后,在所有人类科学都在为即将到来的真理和正义而努力的情况下,让刀剑暴力成为现代之神,也是一种犯罪。

我们如此热切地渴望真理和正义,看到它们被如此践踏,越来越被忽视和遮蔽,是多么痛苦啊!可以想见舍雷·克斯特纳先生的灵魂经历了怎样的痛苦,我相信他一定非常懊悔在参议院质询的那天没有采取革命性的行动,揭露整个阴谋诡计。他是一位诚实正直的伟人,一生光明正大，他相信如青天白日般清楚明了的事实本身足以振聋发聩。既然太阳很快就会照耀一切，那又何必打乱如今的局面呢？正是因为这种自信的平静，他受到了如此残酷的惩罚。皮卡尔中校也是如此，出于一种崇高的尊严感，他不愿公开贡斯将军的信件。这些顾忌使他的人格更加光芒闪耀，在他严守做人底线的同时，他的上级却对他大肆污蔑，以最出乎意料和最可耻的方式向他发起审判。这两位受害者是两位正直之士，拥有纯净清澈的心灵，他们将一切交由上帝审判，却不料被魔鬼操控。在皮卡尔中校的案件中还发生了一件卑鄙的事情：一个法国法庭允许检察官公开指控一名证人，将所有罪责都扣在他的头上，但当该证人被传唤回法庭进行解释和自我辩护时，法庭却不予以公开审理。我要说这又构成了另一项犯罪，足以激起大众的良知觉醒。显然，军事法庭对正义有一种不同寻常的理解。

总统先生，事实就是这样简单，也极其可怕，它将在您的总统任职期内留下不可洗刷的污点。我很清楚您无权过问此事，您也是宪法和周遭官员的囚徒。但是，仅仅作为一个普通的人，您也有责任去思考和过问此事。此外，我并没有对胜利感到绝望。我以强烈的信念再次重申：真相终将大白，没有任何力量可以阻挡。对这一事件的处理，今日起才刚刚开始，因为直到今天，立场才最终明确：一方面，罪魁祸首们不希望真相大白；另一方面，伸张正义的仁人志士们用自己的生命捍卫正义。当真相被埋藏于地下时，它就会在那里积聚，酝酿出一种石破天惊的力量，当真相大白那一天到来时，它会一举爆发，把一切揭露无遗。让我们拭目以待，看看我们刚刚是否为日后最轰动的灾难做好了准备。

总统先生，这封信很长，现在是结束的时候了。

我控诉杜·帕蒂·德·克朗中校是这场误判的邪恶制造者，我相信他是在头脑不清的情况下开启了这次事件，随后在过去的三年中，用最荒谬和最罪恶的阴谋为他的邪恶打掩护。

我控诉梅西耶将军是本世纪最大罪人之一的帮凶，尽管其所作所为是出于他软弱的心志。

我控诉比约将军在明明掌握了德雷富斯清白的确凿证据之后，却泯灭良知，隐藏了这些证据。出于政治目的，也是为了"拯救"牵连其中的总参谋部，他犯下了这一危害人类正义的罪行。

我控诉德布瓦代弗尔将军和贡斯将军在此案中同流合污，他们一个可能是出于神职信念，另一个可能是出于团队精神，将陆军部看作神圣不可攻击的方舟，双双沦为罪恶的帮凶。

我控诉德佩利厄将军和拉法利少校主导了一次居心不良的调查，因为在这场调查中存在着骇人听闻的偏袒和不公，拉法利少校执笔的调查报告中满是厚颜无耻的歪曲之语。

我控诉三位笔迹专家贝洛姆先生、瓦里那先生和库阿尔先生做出了虚假和欺诈性的报告，除非体检报告表明他们的视力和判断力有问题。

我控诉陆军部在报刊上，特别是在《震旦报》和《回声报》上，进行了一场可恶的误导公众舆论的运动，借以掩盖他们的过错。

最后，我控诉第一个军事法庭违反法律，只依据一份未公开的秘密文件便对被告定罪；我控诉第二个军事法庭奉命掩盖了第一次审判的非法行径，反过来又明知故犯，宣告一个有罪之人无罪，大肆践踏法律。

我完全明白，依据1881年7月29日颁布的新闻法第三十条和第三十一条，如果我提出的这些指控有任何不实之处，就面临诽谤罪的惩罚。我自愿对自己的言行负责。

至于我所指控的所有人，我并不认识他们，也从未见过他们，跟他们无冤无仇。对我来说，他们只是一种实体，代表着社会上的邪恶之徒。我在这里所做的一切，只是以一种革命性的手段加速真相的大白和正义的伸张。

我只怀抱一种激情，一种以人类之名追求光明的激情，人类遭受了如此多的苦难，有权获得幸福。我激烈的抗议不过是我灵魂的呐喊。请把我带到刑事法庭，让调查在光天化日之下进行！

期盼您的回复。

总统先生，请接受我最深切的敬意。

爱弥尔·左拉
1898年1月13日

（李泓淼 译）

在灵魂深处并不孤独

/ 罗曼·罗兰

1916年,高尔基想做一套名人丛书,请罗曼·罗兰写《贝多芬传》,罗曼·罗兰欣然同意,自此他们开始了长达二十年的通信关系。然而他们一直未曾谋面,直到罗曼·罗兰以近七十岁的高龄,在夫人的陪同下来到莫斯科,才见到了高尔基。他们相约第二年同游伏尔加河,没想到不久之后,高尔基就与世长辞,这份约定再也无法实现。

我亲爱的朋友,很高兴收到您寄来的小书和上边深情的献词。衷心地感谢。书的主题偏悲剧性。我知道您被这个现实世界困扰。我虽不甚了解,但在我看来,书中充满了"巨大的痛苦",这"痛苦"几乎也充满了您的一生。大多数时候,您将俄国人民的苦难背负在自己身上，您想要拯救他们，却无能为力。您不是近年来才认识到他们的苦难，只是在过去的几年里，革命开端制造出的巨大幻想——我是指所有革命，给您带来了一种比以往任何时候都更深刻、更痛苦的幻灭。

亲爱的朋友，我相信您所描述的一切都是一个整体中无情的一部分，任何一个民族的人民都很难对此负责。您惊恐地在俄国农民身上看到的这种冷酷的残忍，在我们西方人民身上也能轻而易举地被激起。人类仍如此接近原始的兽性！只需一件小事，就能随时让人性再次堕落。人类的大脑（这个孕育可怕疾病的地方！）结合野兽的本能，便会产生虐待倾向。这并不奇怪，我们从低级生物进化而来，着实发展得太快了。但也没有必要因此气馁，这是一场持续不断的无情斗争，可能还会持续上千年。我们人类只是天地间的匆匆过客，大自然有足够的时间见证这些斗争！

您的惊人结论向我们展示了未来俄国农民的全新面貌：他们没有良善之心、慷慨之情；他们拒绝知识，不信任科学；他们空怀一身野蛮而粗鲁的力量，只会将聪明才智用于实际需要。诚然，这种前景对我们来说相当不利。但是，我的朋友高尔基，谁知道这会不会是应对另一种文明既危险又有益的方法呢？事实上，您可以预见，如果任由欧洲和美洲的科学和工业文明野蛮生长，在很短的时间内，在创新精神的狂热推动中，再加上统治和毁灭的本能驱使下——该本能在发明天才发明更多的工具之后更加强烈，人类将不可避免地走向毁灭。来自各个方面的警报已经响起。现在需要为阻止或减缓这种可怕的毁灭踩上一脚刹车，而文明国家不再具备刹车的能力。谁知道你们俄国农民的野蛮保守主义在这一点上是否有用武之地呢？您书中的梁赞[①]人所说的话一点不错（第三十五页）。还有第三十页"现在要做的事是在地上站稳脚跟，往天上飞的事以后还有时间"。法国也有类似意思的古老谚语："伟大的旅程始于一步一步。"我想科拉·布勒尼翁一定也多次这样思考过。

我们两个都受到朋友的严厉警告。在最新一期《光明报》中，我有幸被托洛茨基[②]亲自撰文批评，甚至在

---

① 今俄罗斯欧洲部分中部城市，梁赞州首府。
② 苏联早期领导人。

《人道报》上又被批评了一次,而您则被一个落款为"Parijanine"的法国人抨击,他故作博学地告诉您,您不了解俄国人民!(当然了,他了解俄国人民!真令人钦佩!)像我们这样自由、忠于真理精神的人,在人群中总是孤独的。但我们在灵魂深处并不孤独,也永远不会孤独,因为我们能感到自己与全世界的生命相连。

听说德国正在为您举办五十大寿。拥抱你,我的朋友。请您长久地生活和创作下去!

您的罗曼·罗兰
1922年10月12日,周四
维尔纳夫(沃州),奥尔加别墅酒店

(李泓淼 译)

请您热爱此刻的孤独

/ 里尔克

三十岁左右,里尔克开始和一个青年诗人通信,就青年人面临的各种问题,发表个人见解。信件内容涉及生活、工作、两性、孤独等话题。

(一)

大约十天前,我深受病痛折磨,疲惫不堪地离开了巴黎。我此行是前往北部的大平原,据说那里辽阔、宁静,还有高远的天空。这些原可以让我重获健康,没想到等待我的却是连绵的阴雨。直到今天,这片被风云搅扰的土地上空才稍微露出了一点儿亮光。于是我用这片刻的明媚向您致以问候,亲爱的先生。

亲爱的卡普斯先生,这么长时间没有给您回信,并非我忘了您的信——恰恰相反，您的信具有一种魔力，让我把它从一堆信件中抽出来一读再读，而且您的信我总是一眼就能认出来，仿佛您一直在我身边。那是您5月2日写的信，您肯定还记得吧。每当我如同此刻一样，在这安宁平和的远方阅读时，总会被您对生命深刻的忧虑触动。我在巴黎时已经隐约有此感受，但是那里充斥着巨大的噪声，一切都粉墨登场随后又被喧嚣覆盖，最后消逝于无形。

在这里，有辽阔的土地，有从海上吹来的风。我觉得没有人能够回答深藏在生命本真里的问题，因为即使是最有智慧的人，也有不得解的时候。我相信，您的问题并非找不到解决之法。正如现在，我的眼睛已经逐渐恢复，也许您也能找到类似的办法，让您的心绪归于宁静呢。您不妨遵循本性，去关注您天性当中那些最本真的、其他人注意不到的细微之处，这些不起眼的特质也许会在不经意间突然膨胀，变得醒目，对您产生巨大的影响。如果您能学会喜欢自己身上这不足为外人道的一面，像一个服务者一样尝试赢得它的信任，那您就会发现，一切都变得更加简单，内心的矛盾会消解，您也会变得更包容。也许理智上的变化不会那么快发生,理智往往要慢一拍,但是您内心深处的意识,您的觉悟和认知都会与自己和解。

您还这么年轻,拥有无限可能,所以我想尽我所能地请求您,亲爱的先生,对您心中难解的郁结和问题再多一点儿耐心吧,试着与它们和睦相处,就像您可以逐渐习惯封闭的小屋,也可以爱上用一门完全陌生的语言写就的书籍。您不要急着去追寻答案,因为在您没有学会如何和问题相处之前,没人能给您答案。关键是,凡事您都得自己亲身经历一遍,您现在就正在经历着啊。也许未来的某一天,在您自己都还未觉察的时候,您就已经从生活中悟出了答案。而您本身作为一个幸运又单纯的生命体,大抵本来就有自我塑造、自我成长的空间;您要朝着这个方向培养自己,但是也请您怀揣包容的心态,去接纳生命中发生的一切。

如果这些恼人的情绪和问题源于自身的需求,源于内心的某种危机,那也请您接纳它,承受它,而不要怨恨它。"性"当然是件棘手的事,没错,但是生而为人,本就不易,几乎所有严肃的事情都是困难的,又有哪件事不严肃呢?如果您能认识到,您与性之间的独特关系(排除道德传统的干扰)是在您的脾气秉性、人生经验、童年生活和生命力等多重因素影响下形成的,那您就无须害怕迷失自我,也无须担心它会有损您内心的美好。

肉体的享乐是一种感官体验,与纯粹的观赏或用美味的果子满足口腹之欲并无不同;这是我们天生被赋予的一种伟大的有待探索的经验,是我们对世界的认知,是一种美好而丰富的极致感受。得到这样的体验并不是坏事,糟糕的只是不加约束地滥用、挥霍,把它当作生命低谷期寻求刺激的工具,当作消遣而不是当作向高峰冲刺的聚力。

对人类来说,哪怕是"吃"也具有两面性:食物匮乏时是一种情形,富余时又是另一种情形,这使得需求的界限变得模糊不清。与此同时,人类赖以生存的生活必需品都变得难以界定。但是个体可以清晰地分辨并承认自己的需求(即使过于依赖他人的"个体"无法做到这一点,他独自一人时也能做到)。他独自一人时,便能意识到,所有动植物身上的美好其实都只是一种隐秘的、持续的爱或者欲望的表现。他能观察到动植物耐心地、毫无抗拒地交配、繁殖和生长，它们做这些并非源于肉欲，也不是出于生理上的痛苦，就只是单纯的需求，需求的意义要大于享乐，大于受苦，甚至大于动植物本身的意志和反抗。人类却把这些在世界上随处可见的现象当成秘密，愈发谦卑地去感受其中最微末的细节，愈发严肃地去承担、去忍受、去感知克服欲望有多困难，而不是自然地接受其存在。人面对自己的生育欲望可能会起敬畏心。其实不管是精神还是肉体的欲望，本质上都是一样的；因为精神的欲望也是来源于肉体，精神上的追求是身体欲望的延续，只不过没那么沉重，便更加令人陶醉。

"想成为创造者，去繁衍，去创造"的想法如果没有在现实世界中采取行动，就会永远停留在空想阶段。这种想法经过了万兽千百遍的确认和实践，带来的享受如此美好和丰富，难以用笔墨形容。这种欲望被刻在了遗传基因里，从百万次生殖和分娩的记忆中流传下来。在一个创造者的思想中，成千上万个夜晚的爱意缓缓盛开，并赋予这种想法以崇高和圣洁。在这些夜晚相聚、结合的生命沉浸在令人迷醉的快乐中，他们其实是在做一项严肃的工作,他们收集起散落的甜蜜,给予某位后世的诗人深度和力量,让他得以表达这种无法言说的欢欣。它们的行为还会召唤出未来——当他们迷失自我、盲目相拥时,未来降临了,一个全新的人类出现了。基于这个偶然,生命的规律开始发挥作用,一个强壮的精子冲破重重阻碍,奔向为它敞开怀抱的卵细胞。

请您不要为表面所惑,万事万物究其根源都有定律。那些误解了这种秘密,无法与它和平共处的人(很多人都是这样),就无法参透,只能继续将这种错误传递下去,就像传递一份无法知道内容的密信。您也不要为千变万化的名称和千奇百怪的事例所惑。也许在一切之上存在着一种伟大的母性,母性就是人类普遍的渴慕。少女的美,其本质在于"毫无作为的无辜和天真"(正如您的精妙描述一样),这是一种母性,一种准备着、畏惧着,但又渴盼着的母性。母亲的美是一种服务的母性,而在老妪身上,母性则演化成了伟大的记忆。而且在我看来,不管是精神上还是肉体上,男人身上也存在着母性;他的繁殖也是一种孕育。只要因自身的充实而产生的创造都是孕育。也许,两性之间的关系比人们普遍认为的更加亲近。也许，当男性和女性破除所有的偏见和反感，不再寻求彼此对立，而是像兄妹、友邻般相处，去进行人与人之间的协作，简单、严肃而耐心地共同承担命运强加给他们的棘手的"性别"，世界就会发生伟大的更新和变革了。

有些事对很多人来说只是未来的一种可能性，但是孤独的人现在就可以为了实现它们立即开始准备。人们若用双手去争取，就会少一些迷惑。因此，亲爱的先生，请您热爱此刻的孤独，承担起孤独用它那悦耳的怨诉带给您的痛苦。因为您说，与您亲近的那些都显得如此遥远，这表明，您周遭的天地变得更加宽广了。如果您周遭的人和事都变得遥远，那说明您内心的宽度已经辽阔得触及星辰。成长之路无人陪伴，您只能独自前行，现在您应该为自身的成长感到高兴。您要对落后的人友善些，您要表现得沉稳而淡定，不要用您的疑惑去折磨他们，也不要用您的信心或欢乐去恫吓他们，因为他们不会理解这信心或欢乐从何而来。您要在自身成长变化时，与他人求同存异，总会找到一些简单的、不变的共同点。您也要学会去接受他们与您不同的生活方式。虽然您信赖孤独,但您也要包容那些害怕孤独的老年人。您应该避免激化父母与子女之间常见的矛盾;这会消耗掉子女的许多能量,也会侵蚀父母对子女的爱意,即使这种爱并不意味着懂得,但它仍能带来慰藉与温暖。您不应要求父母给出建议,也不要期待从他们那里得到理解;但您要相信他们的爱,父母为您珍藏着这份爱,把它如同遗产传给您,请您相信,在这份爱中蕴藏着一份力量和一种祝福,您不必刻意摆脱它也能走得很远!

您能自主选择一份职业,这是一件好事。从任何层面上说,这都是您完全独立的标志。请您耐心等一等,看您的内心是否会受限于这份职业。我觉得您这份职业很不容易,要求很高,工作中要遵守各种条条框框,几乎没有发挥个人见解的空间。但是您的孤独会帮助您在陌生的环境中找到依靠,独自一人时,您一定会找到正确的道路。我的祝福会一路陪伴着您,我相信您能做到。

您的赖纳·马丽亚·里尔克
1903年7月16日
写于不来梅附近的沃尔普斯

(二)

我亲爱的卡普斯先生：

圣诞将至，值此佳节，如果您倍感孤独，我必当问候您。若您仍觉得太过孤独，乃至于孤独到无以复加的层级，那请您为之欢欣。因为（您可自问）哪有不沉重的孤独呢，世上只有一种孤独——沉重，且难以承受。几乎人人都要面对这样的时刻：宁愿去寻找乏味、无聊的同伴，也不愿孤独；宁愿向即使退而求其次也无法找到共鸣的虚假繁华妥协，也不愿孤独；宁愿与最不值得的人或事同行，也不愿孤独……但可能正是这些委曲求全的时刻，才滋长了孤独，继而痛苦，像懵懂少年走向成熟一样痛苦，像初春一样痛苦。但您可要保持清醒啊，现在您最需要的正是孤独——辽阔的、心灵的孤独。人一定要专注于内心，即使长时间独处也要耐得住寂寞。当成年人漫游于世，试图与那些看似重要又伟大的人或事产生联系时，他们就会回到孩童时期的孤独：大人们看上去忙忙碌碌，孩童对此却茫然不解。

如果有一天你能够参透，他们不过是在瞎忙活，他们的事业已然停滞，跟生活不再关联，那么何不尝试用孩童的眼光来看待这一切呢？从内心深处，从自我的孤独中遥望这一切，或许孤独本就来自工作、级别和职业。为什么要抛开孩童般智慧的"茫然不解"，而用防备和轻视的态度看待事物呢？就因为茫然不解意味着孤身一人，而防备和轻视却代表着与那些您本想隔绝开的东西为伍吗？

想想吧，亲爱的先生，想想您身处其中的这个世界。您大可随心所欲地任思绪飘荡，不管是回忆童年，还是畅想未来——但无论您脑海中浮现的是什么，都请您撇开周遭的喧嚣，专注于它。您内心的东西才值得殚精竭虑，才值得全身心地为之奋斗，且无需浪费太多时间和勇气向旁人解释。是谁告诉他们，您一定得有一个工作呢？我知道，您的职业非常艰辛，而且和您的内心多有抵触，我已经预见到您会对自己的职业不满，也知道对这种不满的爆发终将出现。现在您真的开始诉苦了，我却不能安慰您，我只能建议您再想想，是不是所有的职业都是如此——总有提不完的要求，完全禁锢了人的个性，日复一日地履行着单调乏味的义务，内心对工作的憎恶与日俱增。您现在面对的情况并不特别，从事其他的职业一样也要面对社会风俗、偏见和错误认知带来的各种负担。如果不是有人故作轻松的话，其实没有一个职业能让人感觉"天高任鸟飞，海阔凭鱼跃"，而且职业与真实生活、与所谓的举足轻重的大事没那么多关联。只有孤独的个体才会被置于世界最深层次的运行规则之下，当他走出去，走进破晓的黎明里，当他望向千变万化波谲云诡的傍晚，当他感受到自然中发生的一切，他才能卸下所有外在的身份，像一个临终之人一样轻装上阵，此刻他才真正站在生活的中心。

亲爱的卡普斯先生，作为军官，您感受到的压力，在任何一种现有职业中都能感受到，甚至就算您跳出这个职业，独自走向社会，寻求独立和自由，也无法摆脱这种束缚感——到处都是一样的，但这并不是我们畏惧或者悲伤的理由。如果您和人相处不快，不妨尝试靠近物，至少它们不会遗弃你；还有夜，还有吹过树梢、掠过田野的风。世间万物和飞禽走兽总是如此热闹，总可以让您得到慰藉；还有孩童，他们如同您小时候一样，容易悲伤，又容易幸福。当您回想童年，您就又回到孤独的孩子中间了，大人们对孩子来说不算什么，他们的权威毫无作用。

如果您回想起童年，想到与其相关的那些单纯和宁静时，会感到害怕和焦虑，那是因为您不再相信童年时无处不在的神了。那您不妨问问自己，亲爱的卡普斯先生，您是否真的失去了神的庇佑呢？有没有可能，其实您从未得到过它？如果得到过，那应该在什么时候呢？

难道您认为，一个孩子能够承担起神的重量？神的重量连成年男人都要花费好大力气才承担得起，而老人则会直接被压倒。难道您认为，真正拥有过神的人，会像弄丢一个小石子那样把神弄丢吗？——但如果您认识到，您的童年里没有神，童年之前也没有神；如果您猜想，耶稣是为其欲望所惑，穆罕默德是为其骄傲所欺；如果您惊恐地感受到，神即使在我们谈论他的此时此刻也并不存在……那又是什么让您认为，您有权像怀念一个过去的人一样怀念他，像追寻一件丢失的物品一样追寻他呢？

为什么您不这样想，神就是将来之人，永远站在前方，是人类之树最终的果实，我们只不过是这棵树上的树叶而已。是什么阻止您把他的降生放到未来的世代中去呢？又是什么阻碍着您把自己的人生活成伟大的神明孕育史中痛楚而美好的一天呢？难道您竟看不出，现在发生的事永远都只是开始？虽然不可能是神的开始，但开始本身也总是美好的，不是吗？如果他就是最完美的，难道我们这些有瑕疵和缺陷的版本不应该在他之前出现，好让他有更多选择？难道他不应该是最后到来的那个人，以便成为包罗万象的存在？如果我们祈求的神早已出现过了，我们的存在又有何意义？

如同蜜蜂采蜜一般，我们从万物中攫取最甜的蜜来创造他。我们的创造始于微末，始于不起眼的小事（只要是因爱而起），始于劳作，始于劳作后的休憩，始于沉默或始于小小的孤独的欢欣，始于一切我们既无同伴也无追随者时独自完成的事。虽然我们无法感知他的存在，正如先祖无法看到我们的降生，但是我们身上仍然留存着早已逝去的先祖们的印记，那印记活在我们的天资禀赋中，活在我们背负的命运中，活在奔流不息的血脉中，活在从时间的深谷中浮现出的姿态里。

现在让您感到无望的东西是不是以后也会出现在神的身上呢？出现在最遥远、最极致之处？亲爱的卡普斯先生，请您带着这份虔诚庆祝圣诞吧。也许，神的降生恰巧需要您身上这种对人生的恐惧；您度过的这段时间，或许正是您倾注所有创造他的时间，就像孩提时期，您也曾屏息凝神地创造过他。请您耐心点吧，不要不情愿，您要想想，如果他终将到来，我们能做的最微小的事，莫过于不要让他的出现变得比大地孕育春天更加艰难。

请您安心快乐。

您的赖纳·马丽亚·里尔克

1903年12月23日

罗马

（刘彦妤译）

一件艺术品就像花一样无用

活着其乐无穷

/ 狄金森

> 这是狄金森写给托马斯·希金森上校的信。希金森是美国作家、评论家,在美国内战期间当过上校。他曾在《大西洋月刊》上发表了一封"写给年轻撰稿人的信"。狄金森受此鼓舞,给他寄去四首诗歌,自此二人通信二十多年。

真理难能可贵,每每讲起,心生愉悦。

我为活着感到狂喜,活着其乐无穷。

世人多没有思想,他们是如何生活的呢?世上那么多人——你一定在街上见过——他们是如何生活的?他们是如何获得力量,支撑自己在清晨穿衣起床?

我若读了一本书,感到周身发冷,火光也无法温暖我,我便知道,那就是诗;我若真切地感到头颅被摘下，我便知道，那就是诗。这是我感知诗歌的唯二方法。可还有他法？

1870年8月

（张容 译）

我没有理由自寻烦恼

/ 济慈

1817年9月,济慈来到牛津大学,与进修生本杰明·贝利共住了一个多月。这期间,他们就各自研究的领域进行了深入的交流。贝利擅哲学,济慈通诗歌,两人的研究方向如此不同,却又殊途同归——追求真善美。自此,志同道合的两人便开始了热络的书信往来,并将各自的观点反映在这一封封书信中。

亲爱的贝利:

本信伊始,我想谈谈可怜人克里普斯[①]的事,争取三言两语说清楚。对于你这种性格的人而言,海登写这样一封信可谓苛刻至极。世间争执大多因何而起?两种

[①] 年津大学的学生,与贝利、济慈、海登都相识。

思想碰撞，尚未理解对方，对于彼此的行为，难免心生误会，甚至于怪罪，仅此而已。与海登相识三日后，我便深知他的为人，这样一封信，虽刺痛你的心，但我已见怪不怪。我亦不会因得知此事而与他绝交，只是这样做对你有些许冒犯。希望你明白我如何看待天赋与品格，我亦相信你完全理解我内心深处的想法，否则，你我相识如此之久，你怎还视我为莫逆之交？

顺带提一下，最近有件事压在我心头，不吐不快，此事让我更加谦卑、更懂忍耐，即这样一则事实：天赋异禀之人往往超逸绝尘，犹如某些不易察觉的化学物质，刺激着资质平平的芸芸众生，尽管他们不具个性，性格飘忽不定。其中，有自知之明且独占鳌头之人，我愿称之为"有能力者"。

我现在碰上一个大难题，我心里清楚，没有三五年的学习，不出版三五本巨著，很难应付过去。此外，我还想谈谈"想象"。

所以，亲爱的贝利，如果可能，尽量别再考虑这等烦心事，切记。我保证这种事以后不会再伤害你——我确定无疑。这周我会给克里普斯去信，请他时常告诉我他的近况，不论我身在何方。你定会万事如意，切莫因海登突如其来的冷漠而折磨自己。切记，我亲爱的伙计。

噢，真希望我能向你保证：想象虽真实，但经片刻的错愕之后终会结束，如同我确信你的一切烦恼终将成为过去一样。我无法确定其他事，唯可确定心底圣洁的爱。想象即为真实，"所想之美必为真"①——无论是否存在过——满腔热忱与爱亦如是；它们皆使美从本质上有了新意，得到升华。

简言之，通过我的第一本书和我上次寄去的那首小诗，你或已了解我最推崇的主张。我的为人处世也能说明，或许我偏向于用想象的方式。想象好比亚当的梦——他醒来，发现梦已成真②。我格外关注这一点，因为我始终想不透如何凭前后推理断定事情的真伪——但必然如此。即便是最伟大的哲学家，若不能对种种非议置之不理，如何实现自己的目的？无论现实如何，

---

① 见济慈之《希腊古瓮颂》末尾两行。
② 见英国学者约翰·弥尔顿创作的史诗《失乐园》第八卷。

噢，凭感受去生活，而非杂念！它是以青春为形式的愿景，是即将成真的现实之投影。这种想法助我更加坚定了我最推崇的另一项主张：人们既然不断歌颂俗世的快乐，就该在有生之年享受快乐。唯有感到快乐的人——而非像你一样求真的人——才能过上这样的生活。亚当之梦将在此实现，似乎也印证了：想象和它神秘莫测的倒影，恰如人的生活与其精神的复刻。

正如我先前所说，一个没有杂念、富有想象力的头脑，不断地在精神世界里活动，周而复始、默默耕耘，会收获意想不到的回报。将伟大事物与渺小事物相比较：你可曾在某个宜人之处惊艳于一首古老的歌谣，被美妙的声音环绕，再一次体验万千思绪与灵魂的初遇？你是否发现，脱离了那一刻，那位歌者的真实容颜远不及印象中那般美丽？即便如此，你仍会乘着想象的翅膀翱翔，只求此生再次目睹当初那张动人的面庞。此刻多么难忘！

我已离题太远，对于一颗包罗万象的心来说，这万万不可。一个想象力丰富同时又珍惜想象力的人，他的生活部分凭感觉，部分靠思想，长年累月下来，他必得一颗富有哲理的心。我认为你的心便是如此，所以，为了恒久的幸福，你既要喝下天国的陈酒——我称之为重新吸收尘世间最超凡的沉思，又要提高学识，无所不知。

听闻你对复活节饶有兴致，我替你高兴。不多时，你就能读完那本惹人厌的书！世间虽烦恼无限，但我没有理由自寻烦恼。我自认担不起简和玛丽安娜的盛赞，真心实意地说，我不认为自己的病与弟弟的病有任何关系。真正的缘故，你比她们都清楚。你受的折磨，我一次也没经历过。或许你一度认为，世俗的快乐这种东西将如期而至；以你的性情，你必然如此认为。我几乎不记得自己曾指望过得到什么快乐。若它不在当下，我便对它不抱期许。那一瞬之后，我不会再有任何惊喜。落日归山，我总随之重归现实。倘若一只麻雀飞至我窗前，我便与它一同栖息、啄弄沙砾。听闻他人遭厄运，我的第一反应是："好吧，无可奈何。他倒是有机会磨炼自己的意志。"

我现在请求你，亲爱的贝利，自今日起，若你发现我有些许冷淡，切莫认为我无情，我只是心不在焉。我可以坦白告诉你,有时我整周都感受不到一丝热忱或爱意;有时,这种情况持续良久,我便开始自我怀疑;有时,我会怀疑自己的感受是否诚挚,只当它们是悲从中来,我是浊泪两行,仅此而已。

  我弟弟汤姆大有好转。我将陪他同去德文郡。我现在刚到多金,换一换环境,呼吸下新的空气,鞭策自己,振奋精神,创作诗歌,那首诗还差五百行。我本可早一天到这里,但雷诺兹一家劝我在镇上留宿,与你的朋友克里斯蒂碰一面。赖斯和马丁也在。我们聊起了鬼神之事。我还要同泰勒交谈,到时候再告诉你。我祈求上帝,让我圣诞节去见你。我尽量找出那本《审查者》。代我向格莱格致意。我的弟弟们问候你与本特利夫人。

好友约翰·济慈

1817年11月22日

我与君言犹未了——意犹未尽。

来信请寄至:多金附近伯福德桥。

(杜星苹 译)

一件艺术品就像花一样无用

/ 王尔德

> 1891年,王尔德的一个年轻读者在读完《道林·格雷的画像》后,对该书中前言所说的"一切艺术都是无用之物"表示困惑,便写信向王尔德请教此句何意。王尔德收到信后,迅速就这个问题进行了回复。

亲爱的先生:

艺术无用,因其目的仅在于勾起某种情绪。它并无指导意义,对行为毫无影响。它极不实用,而艺术的乐趣本质上恰在于其不实用性。倘若对一件艺术品的思考引发了人的某种行动,那么,要么这是件残次品,要么是观者未完全领悟其艺术真谛。

一件艺术品就像花一样无用。花开只为愉悦自身,人们赏花只为收获片刻的喜悦。人与花的关系仅限于此。当然,人可以把花卖掉,但此事与花本身无关。这并非一朵花的主要功能。这是偶然。这是糟蹋。恐怕,我这番言论很让人费解。但这个话题囊括颇深。

挚友奥斯卡·王尔德
1891年4月?日
泰特街16号

(杜星苹 译)

找个人反复念给你听

/ 萧伯纳

> 萧伯纳与英国知名女演员爱兰·黛丽关系密切,他们互通书信三十多年,信件多达二百五十封。信中,萧伯纳时而赞赏她高超的演技,时而指出她表演上的不足。在萧伯纳的指导下,加上自身的努力,爱兰·黛丽的演技可谓突飞猛进。他们之间纯洁的友情,也成为戏剧史上的一段佳话。

爱兰·黛丽:

你可知,若实际可行,我丝毫不介意把这个剧本给欧文,让他按个人喜好处理;但不行——无论如何,他都不会接受我提出的条件。我们都可能遇到相互欣赏、情投意合的人,彼此吸引,建立各种关系。但这种关系堪称奢侈;真正有价值的关系背后,一定是相互尊重，发自肺腑且郑重其事，我们既不可任意赠予，也不能私自克扣。这是雷打不动的前提，决不可违背。它不以智力、美貌、艺术天分、资历、年龄或教育水平为转移。内心聪慧之人能确切感知到它的存在，愚昧之人却浑然不觉，二者的差别仅在于此。它是共和主义存在的基石，真正的社会皆由此产生。（演讲者此时端起一杯水，趁着掌声间隙润了润嗓子。）难道你现在还不明白——你是内心聪慧之人，愿你一切罪孽皆因此赦免——出于这种尊重，我不可将自己的权利信手赠予欧文，正如我不可强行夺走他的权利一样。相互尊重的双方总能达成一致，界限分明、公平公正，各自留有权利，既为他人着想，也能顾全自己。假设有个家底颇丰的男子，凭着你女儿对他的情谊娶了她，却不给她安个家，你将作何感想？

你还可以从另一个角度看待此事。你说欧文为人谨慎，或许他确如你所言；但正因如此，他不会轻易应允。允许自己产生按个人喜好处理剧本的念头，已经是他所能做出的最鲁莽的事。因为，请注意，女士们、先生们（演讲者此处摆出一副法庭上辩论的架势），未经谨慎、详尽、规范地正式署名协议，作家不可自行剥夺自身的权利。我随时可能会变卦。万一我不在人世了；万一我的继承者们立即把遗产卖给了威尔逊·巴雷特；万一爱兰·黛丽女士一改如今对我的包容态度，迫使我做出嫉妒、报复或绝望之举；万一欧文死了呢？就算他没死，他立了遗嘱把剧本留给我，可万一他妻子死了呢？万一他续弦，那么这份遗嘱将不具效力。

简而言之，一切荒谬至极的繁文缛节，皆因我们太过懒散、刁钻，无法下定决心、遵照本意行事。就本人来说，我宁死不肯为了自己的利益而下决心做什么事；但如今我被逼无奈，他也一样。我不该再担心他的处境，这才是明智之举。如果在与你书信往来之间便可达成一致，那我很乐意商谈；但对他来说兴味索然。你且看，他极有可能会在《桑吉恩夫人》中出演拿破仑；而曼斯菲尔德热衷于挑战他的权威，将在我的剧中出演拿破仑，与他一较高下。方才，曼斯菲尔德夫人跑到我这里大发雷霆；我敢肯定，她在考虑第二次南下伦敦。我没有充足的理由拒绝曼斯菲尔德在此出演《武器与人》，但他只在美国享有表演权；而且，新的表演会让这个节目焕然一新。我们对那位陌生女士①的一切幻想将随之终结。可怜的陌生女士!

坦白告诉你,我在这里受了回打击。晚上,他们常让我读剧本;几天前的一晚,我被迫重温我的第二部作品,一部名为《荡子》的喜剧,距今已有些年头了。结果我发现,该剧只是个照本宣科的闹剧,夹杂着不堪入耳的污言秽语,连我自己都感到颇为厌恶。我觉得,如果我的剧本皆是这种水平的陈芝麻烂谷子,那么我必须延缓出品,除非我江郎才尽。

想到你因伊摩琴②一角而劳碌,我便觉得无比恼怒。你记不住内容是理所当然的,谁能记得住?若非真心想说剧中人物的台词,便没有发自内心的兴趣;没有那种兴趣,是不可能记忆深刻的。主教之妻才能理解伊摩琴,你只会觉得费解。老天哪,你是不是发现那

---

① 此处或指这件事:曾有一位自称来自苏黎世的陌生女士写信向萧伯纳求婚:"你有世上最聪明的大脑,而我有绝世容貌;你我能生出最完美的孩子。"萧伯纳回道:"可如果孩子继承了我的容貌和你的大脑呢?"
② 莎士比亚传奇剧《辛白林》中的主角,黛丽此时正扮演这个角色。

些台词不会自己蹦出来，你只得用发夹固定在脑海，可根本夹不住？这时，你是否会怀疑自己记忆衰退、能力丧失？嗯，这是因为莎士比亚的戏剧已随他进了坟墓。想把他参透，你不必绞尽脑汁，唯一的可行方案是用耳去听；他的乐曲[1]流传至今。你不要自己读剧本，找个人反复念给你听——再三强调，强加给自己，直到你能依葫芦画瓢，随着脑海中的回声复述出来，犹如听一首街头钢琴曲，就算不甚喜欢，你也能随着旋律哼出个调子。等你演完伊摩琴之后，和莎士比亚诀别吧。卡莱尔[2]曾对移民说："此时此地，或者说每时每处，美国是你们的。"我也想对你说："此时此地（于菲茨罗伊广场），莎士比亚是你的。"流年似水，你总得演些说得过去的作品，方可与世长辞。

有趣的是——考虑到《坎迪达》——我所结识的女性当中，唯有你和珍妮特视感官上的欢愉为长达一生的禁锢。如果我凭新剧赚了钱，我将自费出品《坎迪

---

[1] 或指莎士比亚的作品被诸多音乐家改编成乐曲一事。
[2] 英国作家、历史学家。

达》，请你与珍妮特每晚交替出演。

为人母必定是桩趣事。起初，孩子是母亲的一部分；然后，二者成为母子；再者，孩子也属于父亲；他还是某位远祖的后嗣；最终，他成为一名独立人。而你，不过是带他来到这个世界上的工具，倘若这个工具换作其他任何人，可能你不会对这孩子有一丝好感。人不愿对年幼的孩子冷眼相看，因此，纵使孩子们毫不领情，偶尔遭他们嘲弄也是必然，但只要他们不做出冒昧举动，践踏你的殷殷之情，你总愿宽仁大度、静观其变。两种命运之中，女人永远闪耀着母性光辉，男人永远年幼无知，我想，我更愿当一名男子。

我不厌恶成功人士——恰恰相反。但我畏惧成功，获得成功好比完成人生在世的使命，如公蜘蛛求偶成功的那一刻便被母蜘蛛咬死。我喜欢不断追逐的过程，目标在前面，不在后面。另外，我还好与成功人士争斗，向他们出击，把他们激怒，让他们奋起，将其沙土城堡踢倒，迫使他们用石头重筑，诸如此类，不胜枚举。这种争斗强身健骨，还能让人长知识；若不争斗，他人绝对什么都不告诉你。我痛恨失败，但成功必须名副其实：怀真才、能实干、有过硬的本事，而不只是浪得虚名、唯利是图、卑鄙龌龊、举止轻浮，如南丝·奥德菲尔德①。我本身就是功成名就之人，身边好友（费边社②的那帮人）亦如是，但除了我们自己，我们的成功无人知晓，连我们自己也不在这件事上费工夫。我们从不为捡拾阿塔兰忒的苹果③而驻足，只能在乡下买得起一间度假小屋，还是因为某位好友娶了个年入一千英镑的媳妇。这一次，一位来自爱尔兰的百万女富豪加入我们之中，她既聪慧，又个性十足，不因生活优渥而堕落，真可谓"理想伴侣"，她已成功融入我们费边社大家族。我要与她谈恋爱，振奋我的心——我爱谈恋爱，但请注意，对象是她，而不是那一百万；与她结婚者必另有其人，只要她在我之后还能容得下其他男人。

---

① 爱兰·黛丽曾出演这个角色，角色原形为英国女演员安妮·奥德菲尔德，以索取高额片酬而闻名。
② 英国的一个工人社会主义派别，成立于1884年，萧伯纳是其积极分子之一。
③ 希腊神话故事中一青年爱上捷足善走的猎女阿塔兰忒。猎女承诺与能够追上她的人结婚。两人比赛时，青年将爱神阿佛洛狄忒给他的三个金苹果掷在路上，趁阿塔兰忒拾取金苹果而取胜，遂娶她为妻。

这个假期何其难忘！我这辈子都没这么勤奋过。我上午花四个小时写作，下午花四个小时蹬自行车，日日如此。

我住在菲茨罗伊广场的二楼，在我深恶痛绝的一间房里。忍受至此是为了维持生计，而更好的房子我住不起。

我认识默舍尔斯夫人。

你提起汉普敦宫是何意？你在那附近有住处，抑或你曾与欧文单独驱车前往？我在里士满公寓附近见过你一两次，和他在一起，活似两个乘着巨型婴儿车的孩子，我巴不得揪住他，把他抛到车外去，上车取代他的位置，尔后平心静气，请车夫继续前行。若你告诉我具体地址，我可挑个天气好的周日，骑自行车赶往汉普敦宫，为你朗读《坎迪达》（倘若你真心对这部剧感兴趣——韦布夫人说坎迪达是品行不端的女子，堪称反面人物）。

这封满纸荒唐的信到此为止，待你将"伊摩琴"抛诸脑后再继续。我想我得进城去痛斥这部剧。

那么，别了，《辛白林》结束后再会。噢，爱兰，你聪慧、美好、不凡;你我将在腓立比①相会,或相约于埃律西昂②,或共赴你心仪的地方。

> 萧伯纳
>
> 1896年8月28日
>
> 萨克斯曼德姆镇斯特拉特福圣安德烈教区

(杜星苹译)

---

① 东马基顿的一个城市,充满活力的希腊化城市。
② 埃律西昂平原,以相对温和的气候和充足的阳光闻名。

让我将彩虹一饮而尽

/ 纪伯伦

这是纪伯伦写给玛丽·哈斯凯尔的一封信。玛丽是波士顿一所学校的校长,她与纪伯伦曾有过一段感情,但是害怕婚姻生活会牵绊纪伯伦的事业发展,便拒绝了纪伯伦的求婚。他们的通信,除了谈论对彼此的感情,还有艺术上的探讨。

亲爱的玛丽:

每当我感到失意,就读一读你的来信。每当内在的自我被迷雾裹挟,我便取过盛信的匣子,从中挑出两三封信,反复品阅。它们让我想起真实的自我,让我审视生命中不高尚、不美好的一切。亲爱的玛丽,我们每个人都需要一个避难所,我灵魂的避难所是一片美丽的丛林,你我的友谊安居其中。

我正与色彩角力，斗争激烈，不是它赢，就是我胜！此时，我耳边似传来你的声音："哈利勒，画得如何？"哈利勒语气迫切地说："请允许，噢，请允许我的灵魂在五彩缤纷中沐浴，让我将落日囫囵吞下，让我将彩虹一饮而尽。"

学院里众位师长时常教导："画中之美不可超越模特本身之美。"我的灵魂却在低语："噢，你要是能照实画出模特之美就好了。"亲爱的玛丽，我该如何做？我该遵从师长，还是顺从自己的灵魂？年长之辈见多识广，而灵魂更了解我心中所想。

夜色已深，我只得怀着千头万绪去睡觉了。晚安，亲爱的玛丽。愿上帝永远赐福于你。

哈利勒[①]

1908年11月8日

巴黎

（杜星苹 译）

---

① 纪伯伦的全名为"哈利勒·纪伯伦"。

我是一团雾

/ 纪伯伦

> 这是纪伯伦写给黎巴嫩女作家梅娅的信。梅娅十分仰慕纪伯伦的才华,但对纪伯伦提出的见面要求一而再再而三地拒绝。1931年4月10日,纪伯伦去世。梅娅此时才意识到自己对纪伯伦的感情有多深,她精神受挫,住进精神病院,终身未嫁。

梅娅,我的朋友:

近日来我一直沉默,无非困惑不解的沉默罢了。我满腹疑团,百思莫解,时常进退维谷,困坐其间,想与你争辩一番,还欲向你发难——却发现自己哑口无言。梅娅,我之所以无言,是因为我觉得你的话毫无辩驳的余地,还因为无形之中有一只手,拉着无数根看不见的线,将我们两人的思想和灵魂紧紧绑住,而我觉得,你有意从中挣脱。

我曾坐在这个房间，久久地凝视着你的脸，不发一言。你坐在我对面，与我四目相对；你摇头轻笑，笑对面的人深陷于懵懂与糊涂之中。

我将你动人的书简摆在面前，现在我该作何回复？信中的妙语让困惑的我陷入窘迫。我的沉默，我的心痛，让我此时无地自容。我为内心的傲慢而羞愧，傲慢让我伸手摁住双唇，闭口藏舌。昨日我还视你为"肇事者"，而今日，我领略到你的宽容与慷慨，它们如两位天使揽我入怀。我想，罪人应是我。

不过，听我说，挚爱的朋友，我应向你澄清我沉默、伤心的理由。我有两条生命线：一条奉献给工作、探索，与人见面交流，探讨那些藏于内心深处不为人知的秘密；另一条则寄情于千里之外，那里静谧、庄严、意趣盎然，不为时空所限。过去这一年，每当我踏入那遥远之境，我总能找到另一具灵魂与我为伴，我们无话不谈，时时共享最深沉的情感。起初，我视之为纯粹、朴素的基本规律，但仅过了两个月，我便开始领悟：基本规律的背后，蕴藏着不同寻常的深邃奥秘。同样不寻常的是，当我（自遥远之境）返途时，我时常感到有一只手，如迷雾般拂过我的面庞，有时我还能听到一声轻柔婉转的呼唤，如婴儿呼吸般回荡在我耳畔。

有人说我"异想天开"，我不知这些人所言何意。可我确信，纵使我"异想天开"，也不至于自我蒙蔽。即便我欲行自欺之举，我亦不会盲信自己。梅娅，这个"我"，眼里存不下不属于他的生活，除非亲身经历过，否则一概不相信。而当他亲历某事，这段经历便在属于"我"的大树上发芽生枝。去年，我有过一次经历——真切的经历，不是我梦中之事；我反复穿梭其间，我的思想连同各感官都曾与它亲密接触。我本打算将这段经历埋藏在心底，留作私密；但我没守住，我向一位（红颜）知己倾诉。之所以向她吐露，是因为我当时感受到一种迫切的分享欲。你可知我这位知己怎么说？她不假思索、脱口而出："这不过是一首抒情诗。"倘若一位母亲扛着自己的孩子，别人却说她肩上只有"一个木偶"，她将作何回复？她心中是何感想？

几个月过去了，"抒情诗"一词刻在我心头，挥之不去。我那位知己却不肯罢休。何止不罢休，她暗中蓄力，只待我开口，但凡我说一个字，她便横眉怒目、厉声驳斥。她全副武装，每当我伸出一只手，她便持铁钉刺出一个洞。

从那以后，我深陷绝望。在组成"我"的所有要素之中，唯有绝望最苦。生活中最难的事，无外乎向"我"宣布："你被打败了。"

梅娅，心灵的潮汐之中，绝望身处最底层。梅娅，绝望这种情绪静默无声。正因如此，连月以来，我才会静坐于你面前，凝视你的脸，良久不发一言。正因如此，轮到我回信时，我才会只字未写。正因如此，我时常暗自低语："我已出局。"但对一颗处于寒冬之中的心而言，春日始终蠢蠢欲动，每一个朦胧的夜晚之后，清晨总会含笑登场，我的绝望也同样化成一缕希望。

创作《向着无限》那幅画时，我经历了多么神圣的一段时光！一位女子在冥想，另一位女子的双唇轻轻落在她的颈上，多么庄严、美好的画面！梅娅，我们心底迸发出的光多么辉煌，灿烂夺目、光芒万丈！

我该如何评论那个夹在两位女子之中拉扯不清的男子？一位女子凭他的梦为他织就清醒的光阴，另一位女子则借其清醒时分为他筑梦。上帝将一颗心置于两盏明灯之中，我该如何评论？我如何看待这样一位男子？在我眼中，他是否悲哀？我没有答案；但我知道，他的悲哀中没有自私。在我看来，他是否幸福？我没有答案；但我知道，他并非因自私而幸福。在这世上，他之于我，算不算是陌生人？我没有答案。但我想问你，你是否希望他与你永远不相逢？他是否孑然一身、无人相识，他口中的语言——灵魂的话语，世人一个字也听不懂？我不知道。但我想问你，倘若只有你懂得他的语言，你是否会拒绝与他交谈？

在这世上，你何尝不是孑然一身？当你沉浸于自己的欲望、目标，专注于自己的行为、嗜好，你何尝不会觉得四周人生地疏？告诉我，告诉我，梅娅，这世上，能懂你灵魂话语的人，多吗？我想问，你曾遇到过多少人，聆听你的沉默，理解你的平静，于千万座房屋中与你同处一室、当面对坐、共赴生命中的至圣所在？

我与你皆受上帝眷顾：良友为伴，爱人在侧，得众人祝福，还有一大批仰慕者。可是，请告诉我，这些真挚、热情的友人之中，我们能对谁说一句："替我背一天十字架"呢？谁又知道，在我们的众多颂歌背后，还有一首歌，既唱不出声响也奏不出旋律呢？谁又能参透我们悲中有喜、喜中藏悲呢？

你曾对我说："你既是艺术家，也是诗人，当以艺术家兼诗人的身份为乐。"梅娅，可我既非艺术家，也不是诗人。我昼夜作画、写作，但昼夜之中却不见"我"（即真我）。梅娅，我是一团雾，一团笼罩万物的雾，却不与万物结合。我是一团雾，从未化作雨水。我是雾，雾即我的孤独，是茕茕子立的我，雾中有我的饥饿与干渴。可我的不幸在于，雾是我的真实，它渴望在空中与另一团雾相遇，它渴望听到这种话语："你并非踽踽独行，你与我共存于世，我对你一清二楚。"

告诉我，告诉我，我的朋友，这世上谁能对我说，谁又甘愿对我说"我是另一团雾，噢，雾，我们一同笼罩高山与峡谷；我们并肩跨越树丛，漫步于林中；我们齐心协力，浸漫巍峨的山石；我们携手共进，洞悉万物的本心、众生的一切，彼此为伴，去那人迹罕至、不为人知的远方遨游"？梅娅，告诉我，你周围有谁能说，谁又甘愿说哪怕一句这样的话？

读至此处，你或许正期待我一笑"泯仇"。

我今早笑了很多次。此刻的我，脸上正挂着真心实意的笑容。我周身洋溢着笑意——我的笑久久不息。我不住地笑，仿佛我生来就只为了笑。但"泯仇"一词过于沉重，毁人又伤情，使我在那颗高尚、谦和的心灵前惭愧垂首，怀敬畏之心，恳求她谅解。罪魁祸首是我。我长久的沉默、持久的绝望怠慢了他人——恳请你原谅我，并饶恕我犯下的错。

这封信本该以讨论《芭希萨·巴迪娅》[①]拉开序幕，可惜，我们纠缠于种种私事。私事颇具威力，引得我们无法专注于最重要、最可贵的话题。我所读过的阿拉伯语书中，没有一本与《芭希萨·巴迪娅》雷同。我生平第一次领略到：线条相近，色彩相仿，也能勾勒出两幅截然不同的肖像。我未曾见过两张肖像合二为一：一位是女作家、革命家，另一位远胜于女作家、革命家。我未曾见过两张面孔融为一体，共同呈现于同一面镜子中，其中一位女士被世间阴影遮住半张面孔，另一

---

① 系梅娅为埃及女作家马拉克·希夫尼·纳西夫所作的传记。

位女士则全然沐浴在阳光中。我之所以说"一位女士被世间阴影遮住半张面孔",是因为我一直觉得——迄今仍坚信——芭希萨·巴迪娅至死未能挣脱世俗环境的束缚,从民族与社会的禁锢中脱身。另一张面孔,被阳光照亮的黎巴嫩人面孔,我相信,它属于超凡脱俗、升入圣殿的第一位东方女性,圣殿中所有灵魂皆摒弃了由尘世的传统、固有的习俗和保守的约束造就的肉身。这张面孔的主人深谙存在的统一,能参透一切有形或无形、已知或未知的存在。随着时间的推移,作家的作品和诗人的诗作会被岁月遗落,坠入深渊,无人记得。而《芭希萨·巴迪娅》一书仍会备受研究者、思想家和有识之士追捧。而你,梅娅,是荒野中的一声呐喊;你是神圣的呼唤——神圣的呼唤经久不息,回荡于超然物外的广袤之地,直至时光殆尽。

现在,我要为你解答每一个可爱的问题,不漏答一点一滴。从"你怎么样?"这个问题开始。这段时间,我没有过多考虑过"我的状态"。我想,虽日日为各式各样的麻烦分神,因各形各色的困难劳心,但不管怎么说,我很好。

"你在写什么作品？"日出至黄昏之间，我会写上一两行字。之所以这么说，是因为我白天忙于作画，今冬之前，我必须完成几张大幅油画。若非因合同在身要为这几幅画费神，我本该去巴黎、去东方过冬。

"你工作是否繁忙？"我一直在工作，就连在睡梦中也工作不停。工作时分，我坚如磐石，但我真正的工作既非作画，也非写作。梅娅，在我内心深处，还潜藏着一种灵活的思维，无关乎字词、语句或色彩。我与生俱来的天职不用画，亦不必写。

"你今日身着何种颜色的衣服？"我习惯于两套衣服同时加身，一套出自裁缝之手，为织物所制，另一套则由血、肉、骨组合而成。眼下，我身着一件宽大的长袍，表面缀满油墨污渍，与苦行僧的衣衫相较，只不过干净了些许。我将那身血肉骨的衣服褪去，暂置于隔壁房间，我更希望你我的交谈不受制于血肉之躯。

"今早以来，你消耗了多少根香烟？"这个问题何其有趣，又何其难答复。梅娅，这一日的烟从早燃到晚，今早以来，我点燃的烟已二十有余。就个人而言，抽烟是一种乐趣，而并非瘾癖，我也可以整日不碰一根烟。是，今天我点了二十多根烟，这是事实。但此事责任在你，若非我孑然一身、进退维谷，我绝对不碰烟。但我不愿将此事归咎于孤独。

再谈我的房屋，它始终不假四壁、不盖屋顶——试问，我们谁愿当囚徒？沙漠浩瀚，大海缥缈，它们深邃、无垠，波澜壮阔，一如往昔。我所乘的船始终航行其间，只是行速缓慢。哪位能者或善人要给我的船添一张新帆？我想问，可有人力所能及或心甘情愿？

论起《朝圣》这本书，它至今仍一团混沌、尚未成形，其中最可称道的插图还是空中楼阁、镜花水月。而《统一者》一书于三周前出版，定名为《先驱者》，我已给你寄去一册。一同寄去的还有一册《暴风集》，以及我园中尚未成熟的果实——《泪与笑》一书。我没把出版方的夏季书单寄给你，因为我整个夏天都在远方乡下——此中另有他因！再论画作、瓷器、玻璃品、古书、乐器，和埃及式、希腊式、哥特式雕塑，如你所知，所有这一切皆是永恒不灭的精神体现，是从上帝的书中拾取的话语。我常与它们当面对坐，默默感受心中被它们勾起的创作欲；我时常出神地望着它们，直至它们从我眼前消失，一具具已故的亡魂取而代之，正是他们让这些物品从虚无到有形。那尊古巴比伦的玄武石雕塑，我至今不知它身在何处。去年春天，一位随英国远征军驻伊拉克的朋友在信中对我说："若我有所获，便归你所得。"

我已逐一解答你的疑问，未落一题。信已至此，我开篇之初便想说的话至今仍只字未提。我的雾尚未化作雨水，我的沉默，它乘上翅膀，抖抖瑟瑟，尚未化成言语。你可否伸手捧住这团雾？你可否闭目聆听这沉默的言语？你可否再度前往谷中，一睹那如飞鸟般盘踞、如绵羊般挪步、如溪水般涓流不息、如橡树般高耸矗立的孤独？梅娅，这条路，你可否再走一次？愿上帝庇护、保佑你。

纪伯伦
1920年11月3日
纽约

（杜星苹 译）

每个人都是自己的天使

爱为何物?

/ 雪莱

作为诗人,雪莱一向是不缺灵感缪斯,伊丽莎白·希契纳便是其中一位。1811年,十九岁的雪莱邂逅了二十八岁的伊丽莎白,自此他们频繁通信,保持着纯洁的友谊。

亲爱的伊丽莎白·希契纳:

你月初首日的信刚刚送达。我如约回复,约定不可违背。确实如你所言,我们每日晨起时,大自然便呈现出截然不同的样子。

谁能揣摩出我上封信中的心境?我的灵魂知己,这不堪设想,令人绝望。心随之沉入谷底,勃勃生机随之萎靡……亲爱的人儿,我重归于你,你的幸福再度凌驾于我的私利之上——尽管它转瞬即逝,可如今这世道,谁能无动于衷？我若心怀理智，却刻意泯灭良知，如同放任此类错觉冲淡第六感一样，何其鲁莽！至爱知己，请见谅！我将我的心完全献给你。万千思绪拐走了我的笔，我所言时断时续。我心潮澎湃，愈演愈烈。当然，你的信对我也颇有影响。

若非我应允，这段感情绝不会戛然而止。它是我生命的曙光，是驱散阴郁的暖阳，是漫漫人生路上燃起的希望。偏见或需献祭，但我们决不向她这魔鬼屈膝。俗世索要祭品，俗念随之索取。而那一片越过远山飘走的云不容忽视，犹如我们的幸福、我们的价值。只要生命不息，此事我绝不让步，直待时光荏苒、你我谢世，这份情必坚如磐石，随我们升往天国。

爱为何物？情谊为何物？难道它是件物品——如一个球、一颗苹果、一件玩物——可信手拈来、任意赠予？难道它不可深入、不容交互？凯姆斯勋爵将"爱"定义为：一般感情的特殊化。但这种爱是肉欲之爱、情欲之爱，是荒谬绝伦的逢场作戏；这种爱是享乐之爱，不是幸福之爱。这是自我陶醉式的爱，唯我独尊、自私自利。它着眼于私欲，孕育出嫉妒；它将心仪的对象视为可霸占的玩物。其本质在于自私，在于垄断，一旦深入了解，这种爱便会土崩瓦解、情丝尽断。但我们所崇拜的爱——美德、神圣、无私——一言以蔽之，可谓之情谊，关乎理智、关乎远山，力求让所有人有福同享的情谊。第一个享福之人便是被爱的一方，并非因为被爱的一方可提供乐趣，给予对方幸福，而是因为这种爱值得真心敬重。它拥有力量，富有情感，能超脱自我，能因美德的爱而爱美德。为他人谋幸福，并非基于因惧怕地狱或向往天堂而履行的义务，而是基于纯粹、朴素、心无杂念的美德。

不久之后，你将收到我的下一封信。别了，挚爱的朋友。请继续相信：什么时候我不忠于你的美德，我便不复存在。

> 你真诚、神圣、永恒的珀西·雪莱
> 1811年11月12日，周二
> 凯西克镇切斯特纳特小屋

（杜星苹 译）

每个人都是自己的天使

/ D.H.劳伦斯

> 奥托莱恩·莫雷尔是一位议员的妻子,常年活跃在英国文学圈,是文学沙龙上的女主人,与许多文人交情匪浅,劳伦斯便是其中一个。1915年春,奥托莱恩把自己的一所房子赠予了劳伦斯夫妇。劳伦斯心情激动地写信表示感谢,附带谈论了自己在读的书以及女性该如何活的话题。

亲爱的奥托莱恩夫人:

请不要再称我为"先生",叫我劳伦斯即可。

来唐斯至今,我时常叨扰您,让您受累,我于心有愧,心里一直不好受,希望以后我不再让您徒增烦忧。

想起那座房子,我们心潮澎湃,它即将属于我们了。我无意将它占为己有——占有这种事总让我心生不悦,其中有嫉妒的成分,颇为狭隘——我只是想说,它属于我。但请不要为我们在房子一事上花费太多心思,否则我又要引咎自责,内心煎熬。

我最近一直在读跟凡·高有关的东西——真令人痛惜,他是个可怜人,挣脱不了束缚,只好走上疯癫之路。他的诉求显而易见。他想重现乔托与契马部埃[①]所处的时代风气——所有人齐心合力,共同实现同一个目标。可当今世界一片狼藉。于是他拼命努力,想在胡乱堆砌的认知中再添一笔。可这一笔不属于俗世。他不断降低要求、委曲求全,逼疯了自己。为了生存,我们所有人必须齐心协力、厘清认知、融会贯通,我们必须化零为整,把所有词连成新的长句,使各色人等融为一体,催生出全新的人类。记住,其中不需要任何个性——不需要我们当中的任何个体。此事无关荣辱,也绝非满足私欲,而是万众一心,造就一个伟大的民族、一个自由的民族,以及一个享有个人自由的民族。而现

---

① 意大利画家,相传为乔托的老师,佛罗伦萨较早的画家之一。

在，个人自由远超民族自由，民族伤害个人，禁锢个人。一个人无法创造新的民族，需要所有人共同参与。所以，为了实现这个目标，我们必须齐心协力。当越来越多的人携手握住锁链，不断拉扯，挣脱桎梏，那将是怎样的辉煌?! 我满怀欣喜，无限向往。

人必须彻底摒除迂腐的摩洛克[①]式贪婪，不迷恋物质与强权。想想看，当我们每个人都不再醉心于得到与占有，而是相互理解、其乐融融时，那将是何其美妙的场景。

别把自我看得太重。说起来这件事关乎我们每一个人，它非同小可、气势磅礴，每提及此，我们漫天喜乐。别怀疑，我们还年轻。唯有年轻人才明白何谓伟大的事业。

伯特兰·罗素[②]写信给我。我对他突发好感，但只能等他先示好。我计划周五去伦敦，弗丽达与我同去——然后我周六去剑桥——弗丽达留在伦敦，周一下

---

① 古代腓尼基人信奉的火神。
② 英国哲学家、数学家、逻辑学家。

午，我们一同回格雷瑟姆。我抽一天时间单独去喝喝茶或吃顿午餐，她会独自去探望你。我们三个人没有理由总是同时出现。

你为何不尊重内在的自我？你为何一定要口是心非，成为一名平凡、世俗的女子——为人妻、为人母、在家当主妇？关键是，这些身份不等于你。你自成一派，是与众不同的女性：如希腊神话的卡珊德拉[①]，似某些伟大的女圣徒。她们是伟大的传承者，承载着最深邃的真理；真理借助于她们——像卡珊德拉这种女性，在深渊夹缝中穿行，冲破时间深处遥不可及的黑暗之火。伟人如斯，应不断在世上发光发热。她们既不是沙龙上的名媛淑女，也不是附庸风雅的蓝袜族[②]，既不是评论家，也不是审判官，而是女祭司、通神者、女先知。你可曾读过埃斯库罗斯[③]和荷马笔下的卡珊德拉？

---

① 希腊神话中的特洛伊公主，得阿波罗帮助，能预卜吉凶，但因拒绝阿波罗的求爱，受到诅咒，从此无人再信她的预言。
② 对有知识、有思想的妇女的一种称谓，多含贬义。该词源自1750年前后常在伦敦蒙塔古府活动的蓝袜社。
③ 古希腊三大悲剧家之一，曾在《俄瑞斯忒斯》中写到卡珊德拉的故事。

她在这世上是一个响当当的人物,希腊人和阿伽门农[①]对她所行之事——蹂躏摧残、冷嘲热讽——是全人类对待她的方式之缩影,终为自身招来灭顶之灾。你不该盲从世人的思想或意志,而应相信原始的本能、心中的悲悯,感知生命深处的暗涌,再传递给这个麻木不仁的世界。这是种下意识的行为,不在个人意志范围之内——这种事不被认可,道路曲折,甚至遭人阻碍。

听闻你即将迁居乡下,我很欣慰。到了那里,你一定不用再像现在这样过日子,你可以专心沉浸于梦想中的新生活,感受理想中更伟大的真谛、最深沉的智慧。因为热爱不在于"热",而在于深藏不露的实力、深不见底的根基。热爱的源头是黑暗之火,它不是这个人或那个人在地表点燃的篝火,它扎根于地心,使整个地球变得活跃。漆黑的火,既不见赤焰亦不会发热,可这种看不见、摸不着、不露痕迹的热爱才最强烈。

若我愚昧无知,出言无状,还请见谅。我们每个

[①] 希腊神话中的迈锡尼王,曾发动特洛伊战争。战争中的俘虏卡珊德拉被分配给了他。

人都很难保持本真，投身于大事，每个人都是自己的天使。可当我们落单时，当我们没有携手共事的伙伴时，我们也会爆发出原始的兽性。

以我之见，凡·高着实可怜。他若能明辨自己的兽性与天使心——二者泾渭分明、密不可分、和谐共存，他便不必割下自己的耳朵、变成疯子。不知你是否记得他曾说过这样的话："过着艺术家的生活，仍向往真实的生活"，"人既无抵抗之力，又无法顺从自我"。他的意思是，渴望创造出"自由的合群之马"。他发疯的缘由正在于此。他应该顺从自我，放任自己的兽性过"合群"的生活——并看看自己能否借此创造艺术——或者，他应该效仿弗拉·安杰利科[①]，奋起抵抗。如果他当初悟透那种伟大的人类精神就好了，那才是最好的选择。在那个世界，与兽性共存可催生出自我。其实，自我就是成为在世俗生活中创造人物的艺术家（不同于耶稣，凡·高所说有误）。在那个世界，无论创造动物还是人物，艺术是最终的表达形式，他不必描绘

---

① 意大利壁画家。

人类的思想和全部，只需突显巅峰和结局。有些人会在表达艺术中终结一生，有些人不会。但每个人都会创造出艺术作品，人活于世，能完成的最精彩的作品，是人的生命。

D.H.劳伦斯

1915年3月1日

格雷瑟姆

（杜星苹 译）

我疾呼

/ 乔伊斯

大学期间,乔伊斯迷上了戏剧,对易卜生的剧本极为推崇。他曾发表论文《戏剧与人生》,高度赞扬了易卜生,后又在英国文学杂志《双周评论》上为易卜生新剧《当我们死人醒来时》写了剧评,赞颂此剧。剧评发表后,很快得到了易卜生的首肯,这让乔伊斯更加坚定了自己走文学创作之路的决心。

尊敬的先生:

向您致敬,与五湖四海的拥趸共贺您七十三岁的大寿。或许您还记得,您最近的一部剧作《当我们死人醒来时》出版后不久,英语文学评论杂志《双周评论》刊登了一篇署了我名字的评论。我知道您已看过那篇评论，因为刊登后不久，威廉·阿切尔先生写信告诉我，说您曾给他写信："我在《双周评论》上读到，或说是逐字拜读了詹姆斯·乔伊斯先生撰写的一篇评论，写得十分好，要是我的英语足够好，实在是想好好感谢他。"（您看，我对您的语言挪威语知之甚少，但相信您一定能领会我的意思。）

您的评价实在令我感动，我不过是个年轻的后生，这样的评价简直令我兴奋得神经错乱，恐怕要让您笑话了。不过，相信您在读大学时，若像我一般有幸收到一个无比敬重的偶像的评价，您必定能理解我此刻的感受。

只有一点让我感到遗憾，就是让这样一篇青涩仓促的文章入了您的眼，原本我可以写得更好些、更配得上您的称赞。拙作中并无刻意的蠢话，但也无特别高明之处。您的大作竟由个毛头小子评头论足，也许令您恼怒，不过，比起言辞谄媚、文字考究的中庸论调，相信您会更喜欢哪怕是言不尽意的真言真语。

我还能说些什么呢？在我读大学时，多数人要么未曾听过您的名字，要么对您知之甚浅，而我大声为您疾呼。我疾呼给予您在戏剧史中应有的位置,疾呼我心目中关于您的最高成就——您那崇高而公正的力量,甚至连同您那次要的行文特点,如讽刺手法、演绎技巧和如同用管弦乐奏出的和谐节奏感这些,我都加以疾呼。切莫把我当成一个英雄崇拜者。我不是。当我在辩论社团之类的场合谈到您的时候,我从不凭借无用的怒吼夺人眼球。

不过,人们总是将最珍贵的东西留给自己,从不轻易示人。您最令我神往的特质,我从未告诉他人。我骄傲我对您的生活有大致的了解,您的斗争激励着我——我所指的并非显见的具象斗争,而是您脑海中打赢的那些斗争——您从生活中攫取秘密的坚定决心给我力量。世俗对艺术、友情的评判标准,您漠然以对,只是大步前行,心中的英雄主义指引您前进的方向。

这些,此刻我尽数讲与您听。您的创作接近尾声,几近绝响,所谓"天色近晚"。许多人都这么认为,但他们不知道的是您不过是开了个头——尽管这开头本身已足够深远——一直通往《约翰·加布里埃尔·博克曼》的结尾,直达其灵魂深处。作为您的新作,此剧可谓独树一帜。我相信未来您必将产出立意更高、更为神圣的作品，足以点醒世人。

作为曾为您发声的年轻人之一，我向您致敬——这致敬并不因我寂寂无名而您功成名就而卑微，不因您已年暮而我尚年轻而悲痛，不冒昧放肆亦不多愁善感，而是喜悦地满怀着希望、满怀着爱。向您致敬。

您忠诚的詹姆斯·A.乔伊斯

1901年3月

（张容译）

此中自有乐趣

/ 叶芝

> 爱尔兰国家剧院是叶芝与几个朋友一起创办的,其中就包括这封信的收件人乔治·拉塞尔。拉塞尔是爱尔兰作家、画家,他的第一部诗集受到叶芝的赏识。他和叶芝关系密切,是叶芝亲密的工作伙伴,亦是其文学创作路上的友爱同侪。

亲爱的拉塞尔:

我希冀拥有为数不多的几个人的爱,有些来自前辈,有些来自同侪。其余的爱,既是种桎梏,又是种干预。这些人迟早会明白,我强而有力,知行合一,凡看重实干胜过空谈者皆愿支持我。这是一场漫长的对抗,此中自有乐趣。有时,你的所为,我是不以为然的。比如说你虽强大、有能力,却总是一副弱不禁风、不堪重任的样子。依我看，这层层伪装将危及一切好事。我想，你之所以如此，是因为你渴望爱，外加你秉持众生平等的宗教思想。除非是济世救人，否则这种思想有碍于一切工作。

我心知肚明，早在辛格①写第一部剧本时，我便永远失去了众社团的支持。我正在争取大众的心，唯有一丝疑虑尚存（这一点我与辛格、格雷戈里夫人②的意见皆不一致）：我是否应公开批判社团。所幸，在剧院中，我们的小群体约等于全体大众。顺便提一句，我不反对与剧院对立，老社团亦难以干涉我——只要它对霍尼曼小姐履行义务即可，我相信它会承担职责。

友人W.B.叶芝

邮戳日期：1906年1月8日

（杜星苹 译）

---

① 爱尔兰剧作家，曾同格雷戈里夫人、叶芝倡导爱尔兰民族戏剧。
② 爱尔兰女戏剧活动家、剧作家。她同叶芝创办阿贝剧院，还自任经理。

天地在我们心中

/ 罗曼·罗兰

在法西斯猖獗的年代,同为人道主义文学家的罗曼·罗兰与泰戈尔可谓惺惺相惜,他们谈国际局势、国家利益,谈思想自由、意志自由,也谈对彼此的尊敬和喜爱。

(一)

亲爱的好朋友[①]:

自从我们上次在巴黎见面后,虽然我还没有给您写过信,但您一直与我同在。我们之间的联系超越了空间,无需过多言语,我就能感觉到我们思想的共鸣。

上个月,我多次见到了您的一位年轻弟子卡利达斯·纳格先生,这令我欣喜异常。我爱他敏捷而充满活

---

① 指泰戈尔。

力，爱他神采飞扬的年轻面庞，以及每每谈及您时他流露出的赤诚敬仰之情。

他将参加8月份在意大利北部瓦雷泽举行的国际会议，该会议由"国际妇女和平与自由联盟"（我姐姐是该联盟的秘书之一）发起。伯特兰·罗素、乔治·杜亚美、凯斯勒伯爵，也许还有高尔基，都将参加这次会议；我可能也会在那里待几天。

我希望有一天能在印度再次见到您，并以自己微薄的力量参与你们伟大人类的友好交流活动。最大的障碍在于我不会说英语，您的学生也不懂法语。不过，只要能在某些方面尽一点儿绵薄之力，我都很乐意到森蒂尼盖登待一段时间。不管怎样，只要令我堪忧的健康状况允许，我一定尽力前往，但不一定是今年，也可能在1923年的秋冬。这是我毕生的梦想之一。

与此同时，我们正致力于在巴黎创办一份法国杂志，力图将刊物的精神扩大到国际视野，不带有任何政治倾向，不但欧洲各国人民的思想可以在这里友好交流，而且亚洲的思想也能在这里自由抒发。我不知道我们能否募集到所需金额的资金支持。

若如我所期，一切顺利的话，该杂志可在10月份正式发行，我非常希望您能够为我们的创刊号冠名。我想也许您也会同意在这份杂志上刊登您的作品《旅欧日记》的法文版，我在一本英文杂志上读过其中的一些片段。我们对您的这些信件抱有浓厚的兴趣。您告诉我，原则上您同意与否？另外，这份杂志的年轻编辑们，同时也是我的朋友，勒内·阿科斯和保罗·科林会写信给您。

最近我彻底搬离了巴黎的公寓，住到了瑞士日内瓦湖畔靠近萨瓦阿尔卑斯山脉的一所小房子里。我再也无法忍受巴黎的物质和文化氛围，无法忍受街道上和人们灵魂里无休止的喧嚣。之前我不得不在那里生活了很长时间，好在我有音乐和梦想做伴。我相信我已经赢得了从众人的漩涡中抽身出来的权利，可以以一种更加贴近人心的方式去生活。

这里万物俱寂，能听到树叶沙沙作响、波涛拍岸的声音，能嗅到草地上的青草味，能感受到冰川消融时的细微震动。

祝您拥有美好和谐的生活。

愿您感受到我对您无限虔诚的敬爱，愿这份敬爱能带给您一丝甜蜜！

> 您忠诚的朋友罗曼·罗兰
> 1922年5月7日周日
> 维勒纳夫（沃州），奥尔加别墅酒店，瑞士

谢谢您托卡利达斯·纳格先生转交给我的照片。近期我也会给您寄一两张我的近照。

（二）

亲爱的朋友：

我时常想起您。在上一封信中，您透露出的深深的忧伤，一直弥漫在我的心头。我的灵魂漂洋过海，来到一个房间，在那里，忠实的纳格虔诚地聆听着您的传道。我坐在离您不远的一个角落，也开始耐心倾听。

世界上围绕着您的名字形成了巨大的人类社会，您

的思想在所有国家成千上万人的心中产生了共鸣,但在您自己的国度,围绕着您的却是精神上的孤独,这是多么可笑的反差啊!

这无疑是那些与天地对话之人的命运,是那些不把自己困囿在围城之人的命运。众生对他而言何其辽阔。您的出现足以使围城里的人们感到不安。个中辛酸,谁能比我更清楚呢?毕竟我作为土生土长的法国人,却在自己的国家被视为异类!我心爱的尼韦内省将来只能存在于我的《科拉·布勒尼翁》中。她甚至都没读过这部小说。战争期间,我捍卫了法国至高无上的灵魂和人道主义精神,却遭到了抛弃:法兰西剧院刚刚宣布,永远不会上演一个超然于这场混战之外之人的作品……这真是一个极具讽刺和悲剧性的宣告,正如易卜生那部精彩的戏剧中所说:谁想拯救他的人民,谁就是"人民的敌人"。

我相信,我们这些"混战之外"的人恰恰才是最伟大和永恒的战士。我们的战争没有妥协,没有休战,也没有条约。除了内心的胜利与和平,我们不接受其他任何胜利,也没有其他任何和平值得期待。但我们必须赢得内心的胜利与和平，并保护它们扛住命运的多重打击。天地在我们心中。我们要靠自己的力量，发现其中神圣和谐的规律。

这一规律，您很早以前就已掌握。您用手指弹出我们心内的"天籁之音"，掌握我们心灵力量的秘密。我和纳格一起，倾听到它在您房间里流传。

西方的新年过去了，结束在狂暴的热风中。过去的两三天里，肆虐的风在山脊上呼啸而过，积雪骤然间融化了。此风被称为"焚风"①。不难理解，古人为何赋予此风如此个性的名字了！昨晚，我听到狂风在尖叫、咆哮、嘶吼，犹如一群被释放的精灵，又像但丁《地狱篇》里的阴影漩涡！

我窗前的那棵百年老胡桃树，伸展着光秃秃的枝干，在狂风中岿然不动，英勇无畏地挺立着它赤裸的强大身躯；暴风雨后，它的枝头几乎没有一丝弯曲。

亲爱的朋友，我向您转达西方朋友们的亲切祝福。愿他们的爱为您增添一份力量！希望来年我们得以

---

① 沿山坡自高处吹向低处使气温升高、湿度降低的干热风。

相见，请您全心全意地相信，我是钦佩和爱戴您的朋友。

罗曼·罗兰

1925年12月22日

维尔纳夫

（李泓淼 译）